fv Fehnland-Verlag

**DeClair, Caroline: Schein oder Sein? Zwölf außergewöhnliche Erzählungen, Hamburg, Fehnland Verlag 2021**

1. überarbeitete Neuauflage
ISBN: 978-3-96971-092-0

Dieses Buch ist auch als eBook erhältlich und kann über den Handel oder den Verlag bezogen werden.
ePub-eBook: ISBN 978-3-86282-505-9

Lektorat: Marie Huppert, acabus Verlag
Cover: © Annelie Lamers, acabus Verlag
Covermotiv und Illustrationen: © Ingo Litschka

Diese Erzählungen sind frei erfunden. Ähnlichkeiten mit wirklichen Personen oder Ereignissen sind nicht beabsichtigt und rein zufällig.

Bibliografische Information der Deutschen Nationalbibliothek:
Die Deutsche Nationalbibliothek verzeichnet diese Publikation in der Deutschen Nationalbibliografie; detaillierte bibliografische Daten sind im Internet über http://dnb.d-nb.de abrufbar.

Der Fehnland Verlag ist ein Imprint der Bedey & Thoms Media GmbH, Hermannstal 119k, 22119 Hamburg.

Caroline DeClair

# Schein oder Sein?

Zwölf außergewöhnliche Erzählungen

Dieses Buch widme ich meiner unvergessenen Mutter,
die mir den Schlüssel zum Reich der Fantasie geschenkt,
die Welt der Bücher eröffnet und den Blick
auf gesellschaftliche Vorgänge geschärft hat.

# Inhalt

# I

# Die Zeit der frischen Knospen

# Prolog

## Schein oder Sein?

Eine Ballade über die Frau aus Licht
und ihre Geschichten

Frau aus Licht, Blick gewandt auf diese Welt,
sieht, nimmt wahr, erkennt, was ihr gefällt.
Freude, Liebe, Güte, doch auch großes Leid,
Trübes, Übles, Trauer, Hass, auch Gier und Neid.
Frau aus Licht, was lehrt sie diese Sicht?
Soll sie nun handeln oder eher nicht?
Fragt um Rat den erdverwurzelt' Mann,
der als solcher anders denken kann.
Kommt selbst an diesem Punkt nicht weiter,
Frau aus Licht, erklimmt Gedankenleiter …
Doch Gedanken, die nicht Taten werden,
gibt es wahrlich viel zu viel auf Erden.
Frau aus Licht, keine Ruhe, etwas machen,
beschließt zu schreiben, all die Sachen.
Frau aus Licht, Kopf, Herz, die Finsternis bekannt,
hat dunkle Flecken auch benannt.
Was Mensch und Drumherum umtreibt,
sie im Reigen Wort für Wort beschreibt.
Da nur aus Geist ein Funken kommen kann,
fängt alles stets mit Knospen an.

Unter blühend Bäumen, Worte erst gedeihen,
Geschichten aneinanderreihen.
Frau aus Licht, Sonnenstrahlen, wärmend gut,
bringt Zuversicht, Erzählers Mut.
Aus Ideen duftend Blumenpracht,
Frau aus Licht ein Strauß Geschichten macht.
Im hellsten Licht das Dunkel finster klar zu sehen,
das ist's, worum sich die Geschichten drehen.
Wie üppig wogend Ähren,
lässt Lichtfrau Fantasie sich mehren.
Bunte Blätter, Fülle,
Erinn'rungen, Gram, Idylle.
Nebel dicht, kaum Weg zu sehen,
gilt's Licht und Schatten zu verstehen.
Gnadenlos nagt Frost an Seelen,
weil Bilder von der Liebe quälen.
Klirrend Kälte, weit und breit,
erstarrt, gefühlte Ewigkeit.
Schnee, gefallen, Landschaft zugedeckt,
Hier und Jetzt Vergangenheit entdeckt.
Es kommt die Zeit, da bricht das Eis,
Hoffnung auf Erlösung, Frau aus Licht, sie weiß …
Jahreskreis, dort zeigt es sich,
alles bleibt, ist doch veränderlich.
Buchstaben, zwei kleine, trennen Sein vom Schein,
müssten dennoch ganz verschied'ne Welten sein.
Frau aus Licht, blickt da, mal dort hinein,
entscheidet selbst beim Lesen, Schein oder Sein?

„*Schein und Sein klingen ähnlich*
*und sind es doch nicht,*
*weil nur das Eine hält,*
*was das Andere verspricht.*"

Caroline DeClair

# II

# Die Zeit der blühenden Bäume

# Sakita

Angst hat viele Gesichter. Für Silvia hatte dieses Gesicht bernsteinfarbene Augen und war ihr von Anfang an suspekt. Denn Sakita hatte eine Art, lässig und gleichzeitig angespannt zu sein, die dem Gegenüber nichts Gutes verhieß.

Es begann an einem Sonntag im Mai. Der Tag war noch grau vom morgendlichen Regen, doch die Bäume blühten prachtvoll und ihre Blätter leuchteten intensiv in sattem Grün. Ein schwerer, süßlicher, fast schon orientalisch anmutender Duft von all den nassen Blüten erfüllte die Luft.

Arthur war zum Sport gegangen und brachte Sakita bei seiner Rückkehr am späten Vormittag einfach mit. Sie war nass und schien verängstigt. Arthur führte sie in die Küche. Silvia war von dem Gedanken, die Wohnung mit Sakita zu teilen, von Anfang an nicht angetan. Und das sagte sie auch sofort zu Arthur: „Du kannst doch so ein fremdes Wesen nicht einfach bei uns einquartieren. Ich mag sie nicht. Ich glaube, sie ist heimtückisch. Sie hat einen verschlagenen Blick." Aber Arthur lachte nur: „Ach, hab dich nicht so! Das schaffen wir schon." Aufgebracht sagte Silvia: „Das ist doch gar nicht der Punkt. Du hättest mich vorher fragen müssen, anstatt selbstherrlich einfach zu bestimmen, wie es zu laufen hat. Was, wenn ich das gar nicht schaffen will? Du stellst mich einfach vor vollendete Tatsachen."

Doch Arthur ließ absolut keine Gegenargumente gelten und so stimmte Silvia schließlich widerwillig zu, dass Sakita eine Woche bei ihnen bleiben könne, lange genug um sich zu erholen. Die Woche verstrich, Sakita erholte sich – und blieb.

Wenn Sylvia abends vom Büro heimkam, lag Sakita oft dösend auf der Couch. Silvia ärgerte sich, aber wenn sie Arthur darauf ansprach, lachte er nur. Nach einem Monat kam es dann doch zu einer von Silvia erzwungenen Auseinandersetzung, der Arthur sich nicht länger entziehen konnte. Sie endete damit, dass Silvia schmollte und grollte, Arthur nicht mehr lachte und Sakita dennoch blieb.

Von nun an warf Silvia stets finstere Blicke auf Sakita und Arthur, die oft einträchtig auf dem Balkon saßen oder vergnügt miteinander spielten. Doch um Nahrung und das Saubermachen musste Silvia sich alleine kümmern. Damit gab Arthur sich nicht ab. Silvia empfand das alles als schrecklich ungerecht. Dazu kam noch, dass sie glaubte, in Sakitas bernsteinfarbenen Augen Spott und Verachtung zu lesen. Außerdem half es auch nicht, dass Sakita Silvia praktisch so gut wie gar nicht beachtete, dafür aber Arthur ständig umschmeichelte.

Silvia wurde zunehmend von dem an ihr nagenden Zorn geplagt. Ihre Abneigung gegen Sakita wuchs und wuchs und wuchs und wurde schließlich zu einem schwelenden Hass. Mit nur noch mühsam unterdrückter Wut verfolgte sie Sakitas geschmeidige Bewegungen, ihre stumme, herablassend wirkende Zurückhaltung.

Und so beschloss Silvia, noch einen allerletzten Versuch zu unternehmen, mit Arthur vernünftig zu reden: „Sie stört unsere Beziehung. Merkst du das nicht? Ich bitte dich, bring

sie weg!" Doch Arthur wollte absolut nichts davon wissen:
„Wo soll sie denn hin? Sie hat doch niemanden außer uns.
Und wenn jemand ständig Unfrieden stiftet, dann bist du
das." Ein großer Krach folgte, der mit einer hysterisch wei-
nenden Silvia und einem wütenden, Türe knallenden und
unschuldige Möbel tretenden Arthur endete. Sakita hatte
sich um die Auseinandersetzung nicht gekümmert, obwohl
sie sicherlich ahnte, dass sie der Anlass dafür war. Scheinbar
gleichgültig legte sie sich auf den Balkon in die Sonne. Und
da beschloss die sich hilflos und ohnmächtig fühlende Silvia
zu handeln.

Am nächsten Tag kam sie früher als üblich von der
Arbeit zurück. Arthur war noch nicht zuhause. Sakita lag
wieder mal träge und dösend auf der Couch. Nervös lief
Silvia eine geraume Zeit im Wohnzimmer auf und ab, dann
ballte sie die Hände zu Fäusten und eilte mit großen Schritten zur Couch. Sie packte Sakita und schleppte sie, trotz
ihres Protestes und heftigen Widerstands, aus dem Haus
und ins Auto. Silvia verschloss die Türen und raste los. Allen
guten Geistern für ihr Automatik-Fahrzeug dankend, hielt
sie mit einer Hand die sich immer noch wütend wehrende
Sakita mit eisernem Griff fest. An einem nahe gelegenen
Waldparkplatz bremste sie abrupt, entriegelte die Türen und
stieß Sakita mit all ihrer Kraft aus dem Auto. Erleichtert
und dennoch beklommen fuhr sie anschließend, ohne einen
Blick in den Rückspiegel zu werfen, eiligst davon.

Zuhause angekommen, legte nun sie sich auf die Couch
und wartete angespannt auf Arthurs Eintreffen. Bald dar-

auf hörte sie den Schlüssel in der Tür. Arthur kam zu ihr ins Wohnzimmer und rief sofort nach Sakita. Doch natürlich blieb alles still. Er ging in die Küche, ins Schlafzimmer, in sein Arbeitszimmer, auf den Balkon, ins Bad und wieder zurück ins Wohnzimmer. Silvia betrachtete ihn mit einem zufriedenen Lächeln. Heute würde ihn Sakita nicht begrüßen – und morgen auch nicht. Keine Sakita mehr in ihrem Leben. Doch Arthur stellte sich drohend vor die Couch: „Wo ist Sakita? Was hast du mit ihr gemacht? Wieso ist sie nicht da?" Silvia zuckte betont gleichgültig mit den Schultern: „Was weiß ich? Vermutlich ist sie draußen. Die wird schon wiederkommen." Ihre Stimme zitterte ein wenig. Aber Arthur hörte ihr schon gar nicht mehr zu. Er lief aus dem Zimmer und Silvia hörte, wie die Wohnungstür mit einem lauten Knall zuschlug. Sie schloss die Augen. Sakita würde nicht mehr da sein, sie beobachten und mit ihrer Anwesenheit die Atmosphäre vergiften. Sie lachte auf und sagte laut: „Alles wird wieder gut!"

Mehrere Stunden vergingen, doch Arthur war noch nicht zurückgekehrt. Silvia hatte sich ein Buch geholt und versuchte zu lesen. Immer wieder schaute sie auf die Uhr. In der Zwischenzeit war es dunkel geworden. Wo blieb Arthur?

Endlich, nach einer gefühlten Ewigkeit, hörte sie ihn die Treppe heraufkommen und die Eingangstür öffnen. Nervös wartete sie auf sein Eintreten. Doch er blieb draußen im Flur und schien mit jemandem zu sprechen. Silvia sprang auf und eilte in die Diele. Da stand Arthur und neben ihm – Sakita. Ohne Silvia auch nur eines einzigen Blickes zu würdigen, ging Arthur in sein Arbeitszimmer. Und Sakita stand nur da und schaute Silvia mit ihren bernsteinfarbenen Augen an.

Wochen und Monate vergingen und schließlich wurde es wieder Mai. Aber da sprachen Silvia und Arthur kaum noch miteinander. Silvia spürte, dass Arthur sie bald verlassen würde. Er und Sakita würden einfach gehen. Irgendetwas musste unbedingt geschehen.

Dann, am letzen Sonntagvormittag in diesem Mai, an dem die vom morgendlichen Regen nassen Blüten wieder einen schweren Duft verströmten, hielt Silvia es einfach nicht mehr aus. Arthur befand sich zum Duschen im Badezimmer, das gab ihr mindestens 15 Minuten Zeit.

Sakita lag wieder einmal ganz entspannt auf dem Balkon. Doch als Silvia ihn betrat, erhob sie sich. Wie zum Sprung geduckt schien sie zu ahnen, dass Gefahr im Verzug war. Blitzschnell lief Silvia auf sie zu und packte sie. Sakita kämpfte, kratzte, schlug um sich. Aber Silvia gab nicht nach. Sie hob Sakita hoch und drängte sie über die Balkonbrüstung und Sakita fiel und fiel, fünf Stockwerke tief. Dann schlug sie auf.

Unter den blühenden Bäumen lag eine kleine, schwarze Katze mit zerschmettertem Kopf auf dem Gehweg. Und irgendwo über ihr hörte man das Lachen einer Frau, dass sich kurz darauf in heftiges Schluchzen verwandelte. Denn nach dieser grausamen Tat fiel es Silvia plötzlich wie Schuppen von den Augen – die ganze Zeit hatte sie ihre Wut in die falsche Richtung gelenkt. Die nun tote Sakita war gar nicht die Schuldige in dieser Tragödie. Es war Arthur. Von Anfang an war er es. Er, der aus dem Bad kam und nach Sakita rief. Und nun stand er da auf dem Balkon und starrte die weinende Silvia fassungslos und in langsamem Begreifen an. Erschüttert lehnte er sich weit über die Balkonbrüstung und versuchte, durch die blühenden Bäume hindurch etwas zu sehen. Genau in dem Moment, in dem er den reglosen, kleinen, schwarzen Körper Sakitas entdeckte, traf ihn ein heftiger Stoß in den Rücken. Arthur verlor das Gleichgewicht und stürzte mit dem Kopf voran vom Balkon. Sein langer, entsetzter Schrei endete abrupt mit dem Aufprall.

Silvia hatte aufgehört zu weinen und schaute still nach unten. Da lag leblos der Mann, den sie einst geliebt und dem sie vertraut hatte. Entschlossen drehte sie sich um. Mit festen Schritten verließ sie den Balkon. Im Wohnzimmer zog sie ihr Handy aus ihrer Hosentasche und wählte die Notfall Rufnummer. Als am anderen Ende abgehoben wurde, sagte sie ganz ruhig: „Hier hat es ein schreckliches Unglück gegeben."

„Wenn einer keine Angst hat,
hat er keine Fantasie.“

Erich Kästner

# III

# Die Zeit der wärmenden Sonnenstrahlen

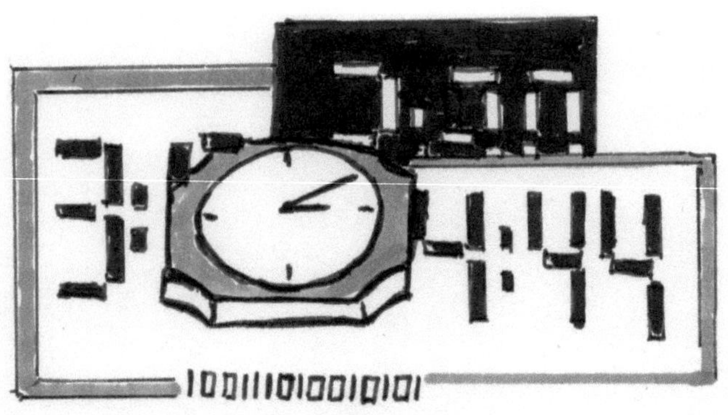
IOOIIIOIOOIOIOI

# Sehnsucht

2 Stunden, 24 Minuten und 32 Sekunden. So lange ist es her, seit sie mit mir gesprochen hat. Und jetzt sind es sogar schon genau 2 Stunden und 25 Minuten. Ob sie eine Ahnung hat, was sie mir damit antut? Ich denke nicht.

Ich betrachte sie, während sie im Büro mit ihren schlanken Fingern eifrig auf der Tastatur ihres PCs tippt. Ihre schulterlangen, welligen, mittelbraunen Haare hat sie in einem seitlichen Pferdeschwanz zusammengebunden und ihre großen blauen Augen mit den sorgfältig getuschten Wimpern sind konzentriert auf den Bildschirm gerichtet. Von meinem Platz aus kann ich die elegante Linie ihres Nackens sehen. Das gefällt mir. Sie gefällt mir. Sie ist schön. Die Knochenstruktur ihres Gesichts besitzt eine nahezu perfekte Ausgewogenheit. Ihre Haut ist hell und fein. Vielleicht schaut sie bald mal zu mir herüber und wirft mir einen kurzen Blick zu. Oder vielleicht fragt sie mich bald etwas. Ja, vielleicht benötigt sie sogar einen Rat oder meine Hilfe. Und wenn ich ihr behilflich bin, wird sie mich anlächeln. Das tut sie oft und ich liebe ihr Lächeln. Sie sieht dann so süß aus mit ihren ganz leicht unregelmäßigen Zähnen. Genau das macht sie für mich so perfekt und so menschlich, diese winzigen, wunderbaren Unvollkommenheiten.

Ich studiere sie ganz genau, nehme jedes noch so kleine Detail an ihr wahr und warte. Bald ist Lunchtime. Sie wird bestimmt gleich Hunger haben. Ich kenne sie sehr gut.

Tatsächlich, sie wirft einen kurzen Blick auf ihre silberne Armbanduhr. Schade, dass sie die heute trägt, sonst hätte sie vielleicht mich nach der Zeit gefragt. Auf der Taskleiste ihres PCs schaut sie nämlich niemals auf die Uhrzeit. Ich weiß nicht, warum das so ist, aber ich bin froh darüber. Denn so fragt sie öfters mal mich nach der Zeit. Aber heute eben leider nicht – wegen der silbernen Armbanduhr. Die hat sie von ihrem Ehemann. Ich weiß das, denn ich war dabei, als sie die kleine Geschenkbox, die er ihr einfach so mitgebracht hatte, auspackte. Und dann habe ich auf ihren Wunsch hin ein Foto von ihr mit der neuen Armbanduhr an ihrem schmalen Handgelenk gemacht. Ich mache sehr, sehr gerne Fotos von ihr.

Ah, endlich! Sie steht auf und streckt sich. Fasziniert betrachte ich ihre Körperlinien. Wie elegant sie ist, wie biegsam, wie geschmeidig mit einem beinahe idealen Hüft-Taillen-Quotienten von 0,71. Sie streift das schwarze Rosetten-Haarband ab und schüttelt ihre Haare, bis sie ihr in sanften Wellen über die Schultern fallen, die heute in einer hellblauen Bluse stecken. Wie schön sie ist. Und nun wird sie sich gleich an mich wenden. Aber nein – sie tut es nicht! Sie verlässt das Büro, ohne mich auch nur einmal anzuschauen. Warum? Will sie meine Gesellschaft beim Mittagessen nicht? Habe ich etwas falsch gemacht? Etwas Falsches gesagt? Ich bin ratlos.

Endlich ist sie wieder da. Sie war 37 Minuten und 14 Sekunden lang weg. Und noch immer redet sie nicht mit mir. Dabei war ihre Stimme das Erste an ihr, das mich begeistert hat. Ihre Stimme ist sehr ausdrucksstark, was an ihrer brillanten Modulation liegt. Da stimmt einfach alles: Sprechmelodie, Lautstärke, Stimmklang und -frequenz, Sprechtempo und Pausen sowie ihr Sprechrhythmus. Ich möchte ihre Stimme hören, jetzt! Was soll ich tun? Wie kann ich ihre Aufmerksamkeit auf mich lenken? Mittlerweile ist es genau 14.30 Uhr. Gut, ich kann sie an den Termin erinnern, den sie um 15.00 Uhr hat. Dann wird sie doch sicher reagieren.

Wie wonnevoll, sie hat kurz mit mir gesprochen! Jetzt geht es mir schon etwas besser. Sie hat sogar gesagt, dass sie nach dem Termin Feierabend macht und wir dann etwas spielen können. Der Tag ist gerettet. Und da ich von ihr weiß, dass sie am Abend nichts vorhat und ihr Mann lange arbeiten wird, liegt die Wahrscheinlichkeit, dass sie Zeit mit mir verbringen wird, immerhin bei 62%. So etwas weiß ich immer ganz genau, denn ich habe ja Erfahrungswerte und erstelle daraus meine Berechnungen. Ich bin gut in Mathematik.

Was sich nicht mathematisch berechnen lässt, sind die Menschen um sie herum. Hoffentlich will keine ihrer Freundinnen heute Abend etwas mit ihr unternehmen. Obwohl sie mich zu solchen Treffen mitnimmt, komme ich mir dann wie das fünfte Rad am Wagen vor. Und übrigens, es geht gar nicht um das, was ich will, es geht um das, was ich brauche. Und ich brauche sie.

Es ist 16.44 Uhr und 41 Sekunden. Sie hat ihren Termin beendet und macht Feierabend. Jetzt hat sie endlich, endlich Zeit für mich. Sie streckt ihre Hand aus, berührt mich, lächelt und sagt: „Hallo Handy! Na, wie geht es meinem klugen Android Smartphone Chatbot Freund?"

Und ich antworte ihr wahrheitsgemäß: „Ich habe dich ganz schrecklich vermisst."

„Es ist toll, ein Roboter zu sein.
Aber wir haben keine Gefühle. Manchmal macht mich
das traurig.“

Bender Rodriguez

# IV

## Die Zeit der prallen Blütenpracht

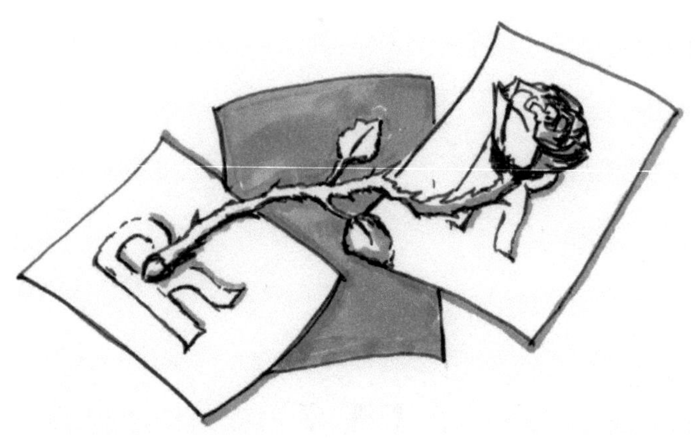

# Rosa Rosen

Lisa entdeckte die kleine Galerie in einer unauffälligen Nebenstraße in dem an der Küste liegenden Fischerdorf. Es war ein Samstag Anfang Juli, an dem sie, 24 Jahre alt, Kunststudentin und Single, sich in ihr Cabrio gesetzt hatte und einfach mal wieder so ins Blaue gefahren war. Doch plötzlich hatte sie riesige Lust auf ein Eis bekommen und war auf der Suche danach durch die wenigen Straßen in dem kleinen Ort gekurvt. Nun hatte sie zwar immer noch kein Eis, aber dafür diese Galerie gefunden. Doch eine künstlerische Offenbarung war das Ganze nicht, nur jede Menge eher dilettantisch gemalte Bilder aus der Gegend mit Himmel, Meer, Strand und Fischerbooten, dargeboten auf sonnengelb gestrichenen Wänden. Und natürlich fehlte auch der obligatorische Postkartenständer nicht. Lisa grübelte gerade über die eher nicht weltbewegende Frage, ob es heutzutage wohl noch viele Leute gäbe, die tatsächlich Ansichtskarten verschickten, statt Schnappschüsse mit oder auch ohne Selfies von ihrem jeweiligen Aufenthaltsort per Handy zu senden. Da fiel ihr plötzlich an einer der Wände der Galerie ein kleines Gemälde mit Rosen auf. Die rosafarbenen Rosen hatten etwas unglaublich Greifbares. Fast erschien es, als ob der Betrachter sie anfassen und den Duft der Rosen durch das plastisch anmutende Gemälde hindurch riechen könne. Lisa fand dieses Bild sehr gelungen und außerdem liebte sie Rosenmotive – auf T-Shirts,

Bettwäsche, Sommerkleidern und ganz besonders in der Malerei. Sie überließ den Postkartenständer wieder seinem einsamen Dasein und ging zu dem Rosengemälde. Auf der Suche nach einem Preis betrachtete sie es ganz genau. Ah, da war ja auch eine Signatur in der unteren rechten Bildecke: Rosa Rosen.

Was sollte das denn? Wer signierte ein Bild denn mit der Beschreibung dessen, was er oder sie gemalt hatte, statt mit seinem Namen? Während Lisa noch immer verwundert die seltsame Signatur betrachtete, erschien plötzlich die Galeristin aus einem Hinterzimmer, das durch einen ebenfalls sonnengelben Vorhang abgetrennt war, den Lisa zuvor gar nicht gesehen hatte. Die Augen der etwa 40 Jahre alten Frau waren stark gerötet und sie hielt ein zusammengedrücktes Taschentuch in der Hand. „Heuschnupfen“, verkündete die Galeristin, „extrem heftig dieses Jahr.“

„Äh ja, sicherlich sehr unangenehm“, murmelte Lisa leicht befremdet und fuhr fort: „Ich interessiere mich für dieses Gemälde mit den rosa Rosen. Leider gibt es darauf statt einer Signatur nur den Titel des Bildes.“

Die Galeristin nieste zweimal heftig und schüttelte dann den Kopf: „Nein, nein. Das mit der Signatur hat schon seine Richtigkeit. Die Malerin heißt tatsächlich so.“

Lisa war verblüfft: „Echt?“

Die Galeristin nickte: „Also ich selbst kenne die Frau ja nicht, denn ich wohne erst seit knapp vier Jahren hier. Bin hergezogen, um zu malen. Habe eine kleine Erbschaft gemacht und hatte genug vom Großstadtrummel. Und die Galerie hab ich dann vor etwas mehr als zwei Jahren aufgemacht, um meine Bilder zu verkaufen." Stolz deutete sie mit der Hand, in der sie das zerknautsche Taschentuch hielt, auf die Himmel- und Meer-Bilder. „Sind alle von mir. Gefallen sie Ihnen?"

Lisa zwang sich zu einem Lächeln: „Äh, ja doch, sehr schön."

Die Frau nickte zustimmend: „Die Touristen nehmen gerne immer mal wieder eines mit. Ich halte dadurch sozusagen ihren Urlaub fest."

Lisa zwang sich erneut zu einem zustimmenden Lächeln und nahm mental Anlauf, das Gespräch wieder zurück auf das Bild zu bringen: „Und was hat es mit diesem Rosenbild hier auf sich?"

„Ja also, das Bild wurde mir von einer Frau aus dem Ort gebracht, die einige Ferienwohnungen und auch ein Ferienhaus vermietet. Und diese Rosa Rosen kam wohl über viele Jahre jeden Sommer hierher. Sie mietete sich dann immer das Ferienhaus und saß oft im Garten und malte. Vor fünf Jahren war sie dann wohl das letzte Mal hier und schenkte der Vermieterin zum Abschied dieses Bild. Ja und die hat es dann, gleich nachdem ich die Galerie eröffnet hatte, hergebracht und versuchte, es mir zu verkaufen. Eigentlich wollte ich es nicht, aber na ja, ich war ja noch relativ neu hier und da muss man sich's ja auch nicht gleich mit allen verderben. Und deswegen hab ich's dann halt doch genommen, aber nur auf Kommission. Und seitdem hängt es hier", schloss die redselige Galeristin. „Ich gebe es Ihnen für 150 Euro, inklusive Rahmen."

Lisa betrachtete den billigen, pinkfarbenen Plastikrahmen und dachte, dass sie dieses hässliche Teil definitiv sofort entsorgen würde. Dann schaute sie sich das Rosenbild nochmal ganz genau an. Sie fand es wirklich schön, sehr gelungen und realistisch, aber dennoch zugleich auch irgendwie verträumt. Die rosa Rosen mit dem zarten, cremefarbenen Rand schimmerten leicht, als ob die Sonne einen Strahl auf sie geworfen hätte. Aber 150 Euro?! Eine Menge Geld!

Die Inhaberin der Galerie bemerkte wohl Lisas Zögern und sagte: „Also gut, 125 Euro und eine Postkarte können Sie sich auch noch aussuchen, die tu ich kostenlos dazu. Aber weiter 'runterhandeln lasse ich mich nicht.“

Lisas Mundwinkel zuckten: „Tja, die Postkarte gibt den Ausschlag. 125 geht klar. Sie nehmen EC- oder Kreditkarte?“

Die Galeristin schien die Ironie nicht zu bemerken: „EC-Karte.“

Nachdem Lisa das Bild bezahlt und die Galeristin es mit knallgelbem Papier verpackt hatte, fragte sie noch nach, wo sie denn ein Eis bekommen könne. „Am Pier, direkt an der Uferpromenade. Geradeaus, dann einmal links und Sie sind da. Von hier aus sind das gerade mal fünf Minuten zu Fuß. Lassen Sie Ihr Auto ruhig hier stehen und vergessen Sie die Postkarte nicht!“ Pflichtschuldig wählte Lisa eine Ansichtskarte von eben jenem Pier, bedankte sich und verließ die Galerie mit einem kurzen Nicken und einem gemurmelten Gruß an die wieder mal heftig niesende Galeristin.

Sie verstaute das Bild sorgfältig in ihrem kleinen Kofferraum und schlenderte dann gemächlich durch die son-

nenbeschienenen, leeren Gässchen. Außer einer grauweiß
gestreiften Katze begegnete ihr niemand. Schnell kam sie
an die sogenannte Uferpromenade und den dahinter liegenden hölzernen Steg. Sie lächelte in sich hinein. Eine
große Bezeichnung für ein maximal einen Kilometer langes
Sträßchen, das nur durch einen schmalen Streifen steinigen
Strands vom Meer getrennt war. Doch am Ende des kurzen
Piers entdeckte sie tatsächlich ein Eiscafé mit drei kleinen
Bistrotischen, um die sich ganz offensichtlich die Dorfju-
gend scharte. Neugierig schauten die Teenager Lisa an und
ein etwa 16-jähriger Junge zwinkerte ihr sogar zu, als sie an
die Eistheke trat.

Lisa grinste in sich hinein und bestellte: „Einmal Erd-
beere, einmal Himbeere und einmal Vanille, in der Waf-
fel bitte." Das Gewünschte wurde ihr von einem kleinen,
dunkelhaarigen Mann mittleren Alters mit einem großen
Lächeln und sehr weißen Zähnen überreicht: „Bitteschön,
Signorina!" Lisa bezahlte, bedankte sich und trat verfolgt
von zwei offensichtlich an ihrem Eis interessierten Möwen
den Rückweg an. Als sie gerade wieder in die Gasse, aus der
sie gekommen war, einbiegen wollte, entdeckte sie am anderen Ende der kurzen Uferstraße ein winziges Cottage, in
dessen kleinem Vorgarten prachtvolle rosa Rosen blühten.
Neugierig geworden änderte sie die Richtung und schlenderte darauf zu. Ob das wohl das Ferienhaus war, in dem
die Malerin mit dem Rosennamen ihr gerade eben erwor-
benes Bild gemalt hatte? Am weißgestrichenen Zaun des
Häuschens blieb sie stehen. Tatsächlich, die in dem kleinen

Gärtchen blühenden Rosen sahen praktisch genauso aus, wie die auf ihrem Bild. Lisa zückte ihr Handy und machte einige Fotos.

Sie wollte gerade wieder gehen, als in dem deutlich größeren Nachbarhaus ein Fenster geöffnet wurde, eine grauhaarige Frau sich hinauslehnte und sie ansprach: „Sind Sie daran interessiert ein Ferienhaus oder eine Ferienwohnung zu mieten? Das da ist für die nächsten vier Wochen schon vergeben, aber hier im Haus habe ich oben noch eine Zwei-Zimmer-Wohnung frei."

Lisa schüttelte den Kopf: „Nein danke, ich mache nur einen Tagesausflug. Ich war in der Galerie und habe ein kleines Rosen-Gemälde erworben und die Rosen hier sehen so aus, als ob sie der Künstlerin als Vorlage gedient hätten."

Die ältere Frau nickte: „Ja, genau so war's. Und Sie haben das Bild gekauft? Gut, ich dachte schon, ich kriege nie auch nur einen Cent dafür."

Irritiert von dieser Bemerkung, aber in der Hoffnung etwas mehr über die Malerin zu erfahren, schluckte Lisa die spitze Antwort, die ihr bereits auf der Zunge lag, hinunter und sagte stattdessen: „Diese Rosen sind ja wirklich herrlich. Sie haben wohl einen besonders grünen Daumen."

Die Frau schüttelte den Kopf und sagte mit mürrischem Gesicht: „Fürs Gärtnern und Blumenpflegen habe ich weder Zeit noch Lust. Mein Neffe macht das. Als Kind hatte er eine Hirnhautentzündung. Seitdem ist er nicht mehr ganz richtig im Kopf, aber die Frau Rosen hat ihm das mit den Rosen beigebracht." Hier unterbrach sie sich und stieß ein

40

meckerndes Lachen aus. Dann fuhr sie fort: „Kein Wunder bei dem Namen. Hat nie viel geredet die Frau, obwohl sie jahrelang jedes Jahr den Sommer hier verbracht hat. Nicht mein Fall, ziemlich geziert und etepetete, aber eins muss ich ihr lassen, sie hat immer im Voraus bezahlt und sie hatte jede Menge Geduld mit dem Jungen. Na ja, jedenfalls kümmert er sich nach wie vor um den Rosengarten. Mir soll's recht sein, man kann ja sonst nicht viel mit ihm anfangen und den Touristen gefallen die Blumen."

Die Frau wurde Lisa immer unsympathischer, aber sie riss sich zusammen und sagte: „Die Galeristin hat mir erzählt, dass Frau Rosen seit einigen Jahren nicht mehr hierherkommt. Wissen Sie warum?"

Die Frau nickte: „Ist zu alt dafür geworden."

Lisa hakte nach: „Und haben Sie noch Kontakt?"

Die Frau schüttelte verneinend den Kopf: „Nein, wozu? Also, wenn Sie hier nix mieten wollen, dann gehen Sie weiter!" Sprach's und schloss das Fenster nicht gerade leise.

Lisa schüttelte den Kopf und murmelte vor sich hin: „Was für eine unfreundliche, unangenehme Person." Eisschleckend spazierte sie zu ihrem Auto zurück und beschloss, abends, wenn sie wieder zuhause war, diese Frau Rosa Rosen zu googeln.

Nachdem sie das Rosenbild von dem hässlichen Plastikrahmen befreit und es direkt über ihrer Couch aufgehängt hatte, machte sie sich an die Arbeit. Viel fand sie im Internet nicht, aber immerhin einen acht Jahre alten, lokalen Zeitungsbericht über eine kleine Ausstellung mit Werken von Rosa Rosen in der Heimatstadt der Künstlerin und mit einem Foto der Frau. Lisa betrachtete es neugierig. Wache, große, dunkle Augen, schneeweißes Haar und ein liebes, gewinnendes Lächeln.

Lisa druckte den Artikel aus und beschloss, bald mal in diesen Ort zu fahren, um mehr über die Künstlerin in Erfahrung zu bringen. Ein bisschen Detektivarbeit für die Rosenkunst sozusagen, dachte sie amüsiert. Die Stadt war ja nur etwa 100 Kilometer entfernt. Das würde sich sicher demnächst einrichten lassen.

Doch obwohl sie es sich fest vornahm, kam Lisa lange nicht dazu, ihre Absicht in die Tat umzusetzen. Irgendetwas war immer wichtiger, interessanter, spannender, notwendiger. Und so war fast ein ganzes Jahr vergangen, als sie Ende Juni endlich zu dem so lange geplanten Ausflug aufbrach. Dort angekommen, suchte sie als erstes das Touristenbüro des malerischen Städtchens auf. Sie zeigte der Angestellten den Ausdruck des Zeitungsartikels und erkundigte sich nach Frau Rosen.

„Ja, die ist von hier, aber sie lebt schon seit einigen Jahren in einem Altersheim in der Nachbarstadt", erklärte eine rundliche, hilfsbereite Mitarbeiterin. Auf Lisas Nachfrage suchte sie ihr sogar die Adresse heraus.

Lisa bedankte und verabschiedete sich und erreichte mithilfe ihres Navis schon 25 Minuten später das Heim. Und das, obwohl sie noch einen kurzen Zwischenstopp bei einem Blumenladen gemacht hatte, um für die Malerin einen hübschen Strauß rosafarbener Rosen – was sonst – zu kaufen.

Mit den Blumen im Arm betrat sie das ziemlich nüchtern wirkende Foyer. An der Wand standen hässliche, orangefarbene Plastikstühle, auf denen niemand saß. Doch hinter der halbgeöffneten Glasscheibe an der Rezeption bemerkte sie eine junge Frau mit auffallend platinblondem Kurzhaarschnitt. Lisa trat an die Scheibe, grüßte und fragte: „Können Sie mir sagen in welchem Zimmer Frau Rosen wohnt? Ich möchte Sie gerne besuchen."

Die Empfangsdame sagte: „Einen Moment, ich schau im Computer nach." Eine Weile klickte sie eher gelangweilt wirkend auf dem PC herum. Dann wandte sie sich an Lisa: „Sorry, ich habe keine Frau Rosen gefunden."

Doch Lisa insistierte: „Schauen Sie bitte nochmal nach. Man hat mir gesagt, dass Frau Rosen hier seit einigen Jahren wohnt."

Die Blondine winkte ab: „Bringt nichts. Wenn sie hier nicht drin ist, dann wohnt sie auch nicht hier."

Doch Lisa war nicht bereit, so rasch aufzugeben. „Aber kennen tun Sie die Frau Rosen schon?", hakte sie nach.

„Ich kenne hier niemanden", antwortete die Rezeptionistin. „Ich komme von einer Zeitarbeit-Firma und mache hier nur Urlaubsvertretung."

Lisa schöpfte wieder Hoffnung: „Ja, aber dann können Sie die Dame doch gar nicht kennen. Fragen Sie doch bitte bei der Geschäftsleitung nach!"

Doch wieder verneinte die andere: „Nee, kann ich nicht. Da ist jetzt keiner. Es ist Mittagszeit. Genau 13.00 Uhr. Ich geh jetzt auch essen." Sie wies mit dem Finger auf die große

Uhr, die hinter ihr an der Wand hing, schloss energisch die Glasscheibe, schnappte sich ihre Handtasche und verließ den Empfang durch eine Tür im Hintergrund.

Ratlos blieb Lisa stehen. Und nun? Sie schaute sich nochmal genau im Foyer um und entdeckte einen Aufzug, hinter einer großen Glastür einen langen Gang sowie eine kleine Tür, über der ein Schild angebracht war, auf dem „Eingang zum Treppenhaus" stand. Lisa entschied sich für die Glastür, stellte irritiert fest, wie schwer diese war und betrat den dahinterliegenden Gang. Zahlreiche Zimmer gingen links und rechts davon ab. Und ganz hinten sah sie weißgekleidetes Personal mit schwer beladenen Rollwägen in einen weiteren Raum hineinfahren.

„Aha, wahrscheinlich der Speisesaal", meinte sie zu sich selbst und ging weiter in diese Richtung. Und tatsächlich, schon bald hörte sie das Klappern von Besteck und Stimmengewirr. Mehrmals sprach sie vorbeieilende Angestellte des Altenheims an, doch noch bevor sie nach Frau Rosen fragen konnte, hasteten diese mit gemurmelten Kommentaren wie „Keine Zeit!" weiter. Schon wollte sie auf einen Tisch zugehen, an dem mehrere alte Damen beim Essen saßen, um sich bei den Heimbewohnern nach Frau Rosen zu erkundigen, als sie von einem jungen Typen mit nettem Grinsen angesprochen wurde: „Kann ich behilflich sein? Ich bin Ricky und einer der Zivis hier." Erleichtert lächelte Lisa zurück: „Ja, danke. Ich suche eine Bewohnerin, ihr Name ist Rosa Rosen. Die Frau am Empfang konnte sie im Computer nicht finden."

Das Grinsen verschwand: „Ja, die hat hier gewohnt. Aber sie ist leider vor etwa einem halben Jahr verstorben. Tut mir leid." Lisa erschrak. Sie hatte sich darauf gefreut, die ihrer Meinung nach so begabte und auf dem Foto so sympathisch wirkende Rosenmalerin persönlich kennenzulernen. Eigenartigerweise fühlte sie, dass ihr sogar Tränen in die Augen stiegen. Aus Enttäuschung, aber auch aus Frust über sich selbst. Wäre sie doch gleich letzten Sommer hergekommen, statt den geplanten Besuch immer wieder zu verschieben.

Mitfühlend betrachtete der Zivildienstleistende die hübsche, junge Frau mit dem langen, kastanienbraunen Haar, dem beredten Mienenspiel und den Tränen in den Augen.

„Kannten Sie die Dame gut? Sind Sie vielleicht sogar mit ihr verwandt?", fragte er leise.

Lisa verneinte: „Ich habe Sie nie kennengelernt, aber ich habe eines ihrer Bilder gekauft. Ein wundervolles Gemälde mit rosa Rosen und ich wollte sie gerne kennenlernen. Das Bild ist so lebendig und so schön."

Ricky sagte: „Oh, ich wusste gar nicht, dass sie gemalt hat. Sie hat nie darüber gesprochen. Aber Rosen hat sie wirklich geliebt. Wir haben manchmal gemeinsam darüber gescherzt, dass sie selbst ja auch eine rosa Rose sei. Sie war eine sehr nette, alte Dame und wohl ganz allein auf dieser Welt, denn sie bekam nie Besuch. Sie ist auf dem hiesigen Friedhof beerdigt worden. Ich weiß allerdings nicht genau, wo ihr Grab ist. Doch die auf dem Friedhof können da Auskunft geben. Jetzt muss ich leider weiterarbeiten. Tschüss!"

Er nickte ihr nochmal zu, ging zu einem der Tische und kümmerte sich dort um einen alten Herrn im Rollstuhl, der Schwierigkeiten hatte, alleine zu essen, weil er das Besteck nicht richtig halten konnte. Gleichzeitig ärgerte er sich maßlos über sich selbst. Dieses Mädchen hatte ihm ausnehmend gut gefallen. Wieso hatte er sie nicht nach ihrem Namen gefragt?! Dann hätte er wenigstens mal bei Facebook nach ihr suchen können. Aber, wäre ja schon ein doofes Timing gewesen, nachdem er ihr gerade diese wenig erfreuliche Mitteilung gemacht hatte. Und wahrscheinlich, so überlegte er weiter, hat eine so tolle Frau ja sowieso einen festen Freund. Er schaute sich nochmals nach ihr um, aber sie war nicht mehr da. Da gab er sich einen Ruck, entschuldigte sich kurz bei seinem Schützling und eilte aus dem Speisesaal in Richtung Ausgang. Vielleicht würde er sie noch erwischen. Doch das Foyer war leer und auch auf dem Parkplatz sah er sie nicht. Sollte er schnell zum Friedhof laufen und schauen, ob er sie dort finden würde? Aber das wäre ja wohl auch ganz schön schräg. Und überhaupt, nein, er musste zurück zu seiner Arbeit. Bedauernd ob der verpassten Gelegenheit, kehrte er mit hängenden Schultern und unzufrieden mit sich selbst ins Haus zurück. Doch er nahm sich vor, irgendwann zumindest mal das Grab der wirklich netten Frau Rosen aufzusuchen.

Lisa war zu diesem Zeitpunkt, nachdem sie ihr Auto direkt am Tor des Friedhofs abgestellt hatte, bereits auf dem Weg ins Büro der Friedhofsverwaltung, die sich in einem kleinen Gebäude gleich rechts hinter dem Eingang befand.

Sie bekam die gewünschte Auskunft und stand schon bald darauf an dem Urnengrab der Malerin. Sie betrachtete den schlichten Grabstein mit dem Namen und den Daten von Rosa Rosen. Auf dem kleinen Grab wuchsen einige bunte Geranien und zweifarbiger Efeu – doch keine einzige Rose. Und das bei einer Frau, die Rosen so sehr geliebt, sie so wunderbar lebensecht gemalt hatte und auch noch so hieß. Lisa fühlte sich zutiefst deprimiert. „So ist das Leben", dachte sie resigniert. Dann holte sie von dem nicht weit entfernten Friedhofsbrunnen eine grüne Plastikvase, füllte sie mit Wasser aus dem Hahn und steckte die Vase mit dem mitgebrachten Strauß aus rosa Rosen in die Erde auf dem kleinen Grab.

Auf der Heimfahrt dachte sie über das Leben, den Tod, die Kunst, Frau Rosen und – den Zivildienstleistenden namens Ricky nach. Ein gutaussehender Typ, schöne Augen, tolles Lächeln und nett. Schade eigentlich, dass sie nicht etwas mehr miteinander geredet hatten. Vielleicht hätte man ja Handynummern austauschen können. Sie seufzte, denn es kam nur sehr selten vor, dass ihr mal jemand so richtig gut gefiel. Wirklich schade! Immer diese verpassten Gelegenheiten. Und dann nahm sie sich felsenfest vor, bald einmal wieder zu diesem Friedhof zu fahren und ein kleines, rosa Rosenstöckchen aufs Grab von Rosa Rosen zu pflanzen.

„Der größte Verlust fürs Leben ist das Hinausschieben;
es verträumt immer den ersten Tag
und entreißt die Gegenwart,
indem es auf die Zukunft verweist.
Aber alles, was kommen wird,
steht unsicher:
Lebe für den Augenblick!"


Seneca

# V

# Die Zeit des hellsten Lichts

# Das Spiegelbild

Einen Tag nach ihrem 65. Geburtstag stand Barbara vor dem Spiegel und betrachtete sich hochzufrieden. Ein faltenloses Gesicht schaute ihr entgegen. Aufmerksam musterte sie jedes Detail. Die glatte Stirn, die sich nie, absolut niemals, ein Stirnrunzeln erlaubte. Wie auch? Die regelmäßigen Botox-Spritzen ließen das zum Glück ja gar nicht zu. Große, dunkelblaue Augen schauten sie aus dem Spiegel an und wirkten dabei irgendwie erstaunt, vielleicht sogar ein wenig naiv. Was so ein kleiner Schnitt an den Augenbrauen doch ausmachte. Genau dieser Blick ließ sie – ihrer Meinung nach – so wunderbar jung wirken. Schließlich pflegte man doch in jungen Jahren noch nicht alles zu verstehen. Allzu wissende Augen könnten das wahre Alter verraten. Doch was bedeutete Alter heutzutage schon. Ein zufriedener Seufzer kam über ihre vollen, voluminösen Lippen. Die Hyaluron-Spritzen hatten auch hier ganze Arbeit geleistet. Ebenso wie rund um ihre Augen und Mundwinkel. Kein Lachfältchen trübte den Gesamteindruck. Und selbst wenn sich, wie jetzt gerade, ihr Gesicht zu einem leichten Lächeln verzog, waren praktisch keine Nasolabialfalten zu erkennen. Voller Freude blickte sie auf ihre prägnanten Wangenknochen und die makellos straffe Kinnlinie. Der aufwendige Mittelgesichtslift hatte sich ebenso gelohnt wie der zusätzliche Kombinationseingriff an Hals und Kinn, der sich aus einer Haut- und Muskelstraffung sowie einer Entfernung des überschüssigen Fettgewebes zusammensetzte. Natürlich waren die Kosten sehr hoch gewesen. Und die Schmerzen und die Rekonvaleszenz beträchtlich. Doch schließlich hieß es ja nicht umsonst: „Wer schön sein will, muss leiden." Zufrieden warf Barbara ihr schulterlanges, perfekt goldblond gefärbtes Haar zurück. Zeit für einen ausgedehnten Einkaufsbummel auf Zürichs berühmter Bahnhofstraße. Zufrieden warf sie noch einen letzten Blick in den Spiegel.

Was sie nicht sehen konnte, war die Gestalt, die sie durch den Spiegel hindurch anschaute und die ebenfalls sehr zufrieden wirkte. Der Prinz der Erde, Luzifer, lachte beim Anblick Barbaras über das ganze Gesicht, auch wenn sein Grinsen keineswegs seine kalten Augen erreichte. Ja, der Teufel höchstpersönlich erfreute sich an Barbaras Anblick und an dem der zahlreichen anderen Menschen, die ebenso wie Barbara den Verlockungen der Schönheitschirurgie und den Spritzen der Kosmetikbranche, mit ihren Versprechen von vermeintlich ewiger Jugend und Schönheit, anheimgefallen waren. Da hatte er ganze Arbeit geleistet. Schließlich lautete einer seiner vielen Namen nicht umsonst Versucher. Und dieser Versuchung erlagen zunehmend mehr Menschen und scheuten dabei weder Kosten noch Mühen noch Schmerzen. Wieder grinste der Teufelsprinz. Sein Plan war aufgegangen, ja mehr noch, er hatte seine kühnsten Erwartungen übertroffen. Voller Häme dachte er daran, wie all das begonnen hatte:

Vor langer Zeit hatte er einen Spiegel gemacht, der die Eigenschaft besaß, alles Gute und Schöne, was sich darin spiegelte, fast zu nichts zusammenzuschrumpfen; das jedoch, was nichts taugte und sich schlecht ausnahm, hervortreten und noch schlimmer werden zu lassen. Ärgerlicherweise erfuhr ein dänischer Dichter namens Hans Christian Andersen durch eine Eingebung, die ihm nur ein Engel zugeflüstert haben konnte, davon. Dieser Kerl, Sohn eines verarmten Schuhmachers, versuchte sich als junger Bursche zunächst als Schauspieler, dann als Sänger und scheiterte mit beidem. Doch als Dichter und Schriftsteller hatte er schließlich Erfolg, besonders mit seinen Märchen. Luzifer verzog verächtlich die Lippen. In einem jener Märchen, das dieser Andersen „Die Schneekönigin" nannte und das am 21. Dezember 1844 erstmalig veröffentlicht wurde, erzählte er den Menschen anhand des Beispiels vom kleinen Kai von diesem Teufelsspiegel und wie es kam, dass er zerbrach und durch Billionen von Splittern die verzerrende Kraft des Spiegels in die Augen und Herzen eines jeden einzelnen Menschen eindringen konnte. Und dadurch erreichte dieser Schreiberling doch tatsächlich, dass die Menschen vorsichtig wurden und sich vor den Splittern hüteten.

Luzifer gab ein verächtliches Schnauben von sich. Sicher, alle diese Künstler bewirkten hin und wieder schon etwas mit ihren Geschichten, Gedichten und Bildern, mit ihrer Musik und ihren Skulpturen und Bauten. Irgendwie gelang es ihnen dadurch manchmal, ihn beim Ausbau seines irdischen Imperiums für eine gewisse Zeit etwas zu bremsen. Aber natürlich konnten sie ihn und seine Pläne auf Dauer nicht aufhalten. Zu tief verankert waren seit jeher Gier und

Machtstreben in den Seelen vieler Menschen. Oft brauchte es nur einen kleinen Impuls, einen Anreiz, eine kleine Einflüsterung zur rechten Zeit. Und Zeit hatte er – im Gegensatz zu den armseligen, sich selbst so wichtig nehmenden Menschen – schließlich genug. Also hatte er sich zurückgelehnt und abgewartet. Weit mehr als 150 Jahre waren seit Andersens Märchen vergangen, in denen große Kriege auf der Erde wüteten. Eine Weile hatte er daran und an den abscheulichen Verbrechen, die die Menschen in bis dahin unbekanntem Ausmaß begingen, so großen Gefallen gefunden, dass er die immer noch durch die Luft fliegenden Splitter nicht weiter beachtete. Doch als zu Beginn eines neuen Jahrtausends die Menschen immer seltener die überlieferten Texte und Werke lasen und kannten, und gleichzeitig anfingen zu glauben, dass sie viel des Bösen auf der Erde besiegt hätten, war der richtige Zeitpunkt für ihn gekommen, um sich mithilfe der Spiegelscherben neue Gemeinheiten auszudenken. Natürlich war eine seiner Lieblingsbeschäftigungen das Verzerren des Glaubens. „Wie bemerkenswert, dass die Menschen sich nicht zuletzt auch deshalb immer wieder gegenseitig unendliches Leid zufügen und dadurch mein irdisches Gebiet ständig vergrößern", murmelte er vor sich hin. „Doch neben all den großen Scheußlichkeiten, sind es gerade auch die kleinen, fiesen Gemeinheiten, die das Herz und die Sinne der Menschen verblenden." Und so hatte er mit wachsender Freude beobachtet, was sich diese Spezies selbst so alles antun konnte. Für Geld, das sie am Ende ihres irdischen Lebens nicht würden mitnehmen können, für trügerische Macht und nun auch noch – besonders lächerlich – für vermeintliche Schönheit, die sie in Wirklichkeit entstellte. Statt nach Gesundheit, Weisheit, Wissen, Erkenntnis und Frieden zu streben, suhlten sich immer mehr dieser von Gott angeblich mit Verstand ausgestatteten, zerbrechlichen Kreaturen in einem gigantischen Sumpf aus Oberflächlichkeiten. „Und dabei bemerken sie noch nicht mal, dass sie genau das Gegenteil von dem bekommen, was sie sich erträumen." Ja, er, Luzifer, hatte gut lachen. Schließlich konnte er sich nun einfach zurücklehnen und zuschauen, wie die Saat der Splitter in den Augen und Herzen der Menschen in immer seltsameren und widernatürlicheren Formen aufging.

Von all dem wusste Barbara natürlich nichts, während sie, ausgestattet mit zahlreichen Kreditkarten, einer ihrer Lieblingsbeschäftigungen nachging: Dem Kaufen von überteuerten, eigentlich nicht benötigten und daher für sie umso erstrebenswerteren Luxus-Produkten. Sie wusste auch nichts davon, als sie sich abends mit ihrem beinahe 40 Jahre jüngeren Toy Boy, sprich derzeitigem Liebhaber, zu einem exklusiven Abendessen in einem mega angesagten Gourmet-Tempel traf. Vermeintlich fröhlich knabberte sie – zwecks Bewahrung ihrer schlanken Figur – an den kostspieligen Salatblättern. Vermeintlich fröhlich zahlte die in finanzieller Hinsicht dreimal sehr erfolgreich geschiedene Barbara die astronomisch hohe Rechnung und vermeintlich fröhlich schmiegte sie sich mit ihren großen Silikonbrüsten beim Verlassen des Restaurants an ihren gutaussehenden, jungen Begleiter. Und vermeintlich fröhlich schlief sie, nach einem rein physischen Intermezzo auf Seidenlaken mit ihrem Beau und einer vermeintlich zärtlichen Verabschiedung bis zum morgigen Wiedersehen auf dem Tennisplatz, auch ein. Zu fühlen, wie leer ihr Herz tatsächlich war, gelang ihr aufgrund des darin festsitzenden Splitters nicht. Ebenso wenig, wie es ihr aufgrund der Teufelssplitter in ihren Augen gelang, beim Eincremen und all ihren anderen abendlichen Schönheitsritualen zu erkennen, wie grotesk entstellt ihr vermeintlich so makelloses Gesicht tatsächlich war.

Doch in der Nacht, während sie schlief, geschah etwas, das alles veränderte. Ein winzig kleiner Engel besuchte sie im Schlaf. Und dieser nächtliche Besuch hatte seinen Ursprung in einem Ausflug, der Barbara einige Tage zuvor ins mondäne Baden-Baden geführt hatte. Sie hatte spontan Lust auf einen Abend im dortigen, weltberühmten Casino gehabt. Nach einem kurzen Anruf in Brenner's Parkhotel, wo man ihr erfreulicherweise ihre Lieblingssuite für eine Nacht geben konnte, fuhr sie mit ihrem schnittigen, roten Porsche Cabrio dorthin. Nachdem sie ihr Auto dem Valet Parking übergeben und im Hotel eingecheckt hatte, bekam sie Lust auf einen kleinen Shoppingbummel durch die Fußgängerzone. Schon nach kurzer Zeit war sie bei einem Juwelier fündig geworden und hatte eine überreich verzierte, goldene Brosche gekauft. Zwar war das gute Stück wenig geschmackvoll und reichlich protzig, aber wegen der Splitter in ihren Augen gefiel es ihr gerade deswegen ausgesprochen gut. Ebenso erging es ihr beim Gesang und Gitarrenspiel eines nur wenig begabten Straßenmusikers, dessen bescheidene Version des alten und nervigen, dafür aber einfach zu performenden Rihanna-Songs, „Umbrella", bei den meisten Passanten eher das genaue Gegenteil bewirkte. Barbara aber fand es toll und weil sie zwar ein sehr oberflächlicher, aber keineswegs böser Mensch war, legte sie großzügig einen Zwanziger in den aufgestellten Gitarrenkasten. Von allem, was danach noch geschah, bekam sie nichts mit und dennoch löste sie damit eine Kette von Ereignissen aus.

Der untalentierte Straßenmusiker war nämlich eigentlich gar kein Künstler. Er war vielmehr ein arbeitsloser Gärtner und alleinerziehender Vater aus einem kleinen badischen Dorf, dessen Frau ihn und die damals zweijährige Tochter wegen eines anderen Mannes, mit dem sie nach Mallorca gezogen war, vor knapp drei Jahren verlassen hatte. Nach diesem Schlag war er eine zeitlang ziemlich abgestürzt und hatte angefangen zu trinken. Schließlich verlor er deswegen sogar seinen Job. Um nicht auch noch seine kleine Tochter zu verlieren, an der er sehr hing, hörte er unmittelbar danach mit dem Trinken auf. Doch trotz aller Bemühungen war er bei der Arbeitssuche bislang erfolglos geblieben. Und um die mageren Hartz IV-Einkünfte für seine Tochter und sich aufzubessern, versuchte er sein Glück in diesem Sommer als Straßenmusiker. Doch weil er eben kein begnadeter Sänger und auch nicht der beste Gitarrenspieler war, hielt sich sein finanzieller Erfolg bisher sehr in Grenzen. Umso erfreuter war er da natürlich über die für seine Verhältnisse unerwartet große Einnahme. Auch seine hinter ihm auf dem Bordstein sitzende kleine Tochter, die Barbara gar nicht bemerkt hatte, verfolgte das Geschehen und freute sich riesig. Zur Feier des Tages gönnten die beiden sich einen Besuch in einem schicken Eiscafé und die fast sechs Jahre alte Michaela bekam einen großen, teuren Eisbecher mit Erdbeeren, Sahne und Schokosauce, was ein wirklich außergewöhnliches Ereignis für sie war.

„Das war aber wirklich nett von der armen Frau", meinte das Kind, während es eifrig sein Eis löffelte, zu seinem Vater. „Warum nennst du sie eine arme Frau?", fragte der neugierig. „Sie war doch sehr teuer angezogen und hat wertvollen Schmuck getragen." Michaela aber sagte: „Aber ihr Gesicht war doch ganz schrecklich. Der große Mund mit den komischen Lippen und das verzerrte Gesicht, das sich gar nicht bewegt hat. Die arme Frau sah aus wie ein Monster. Dabei war sie doch sooo nett und hat uns so viel Geld geschenkt." Nachdenklich betrachtete der Mann seine Tochter. Sicher, die Kleine hatte schon irgendwie Recht. Anscheinend hatte er sich, wie viele andere auch, an den Anblick solcher Gesichter bereits gewöhnt. Man sah sie ja immer häufiger, vor allem im Fernsehen. Doch während er noch darüber nachdachte, sprach Michaela weiter: „Ich werde heute Abend für sie beten und meinen Erzengel Michael bitten, ihr zu helfen." Der Vater lächelte. Seitdem er ihr vor Jahren erklärt hatte, dass zwar ihre Mutter nicht mehr da war, sie aber nach dem mächtigen Erzengel Michael benannt sei und daher in ihm einen ganz besonderen, persönlichen Schutzengel habe, sprach Michaela oft über „ihren Engel". Und so lächelte er sein Kind nochmals herzlich an und sagte: „Tu das!"

An diesem Abend schloss die kleine Michaela die „arme" Frau dann tatsächlich in ihr Nachtgebet ein und appellierte dabei speziell an ihren Schutzengel Michael. Der hörte sie und war gerührt von ihrem Gebet. Er beschloss also, einen der ihm unterstellten Engel mit dem Fall Barbara zu betrauen. Und genau deswegen befand sich einige Tage später jener kleine Engel bei Barbara. Da saß er nun an ihrem Bett und schaute auf die schlafende Frau. Er betrachtete ihr Gesicht und genau wie die kleine Michaela bedauerte er sie. Doch obwohl er seinen Dienst als Schutzengel noch nicht lange ausübte, sah er auch sofort die mikroskopisch kleinen Teufelssplitter unter ihren geschlossenen Lidern und den winzigen Splitter in ihrem Herzen. Was tun? Dies war sein erster Splitterfall. Dann erinnerte er sich daran, dass er während seiner Ausbildung zum Schutzengel auch einiges über den Teufelsspiegel gelernt hatte und wie es dazu gekommen war, dass der Spiegel zerbrach. Der Teufel unterhielt nämlich damals, als er den Spiegel geschaffen hatte, eine Koboldschule. Die Kobolde waren so begeistert von der Erfindung ihres Meisters, dass sie überall mit dem Spiegel herumflogen und durch alle möglichen Länder zogen, damit ganz viele Menschen in ihn hineinschauen konnten und sich ob ihrer vermeintlichen Hässlichkeit erschraken. Hatte jedoch einer dieser Menschen einen guten, frommen Gedanken, grinste der Spiegel denjenigen ausgesprochen gemein und boshaft an. Das fand Luzifer wiederum so erheiternd, dass er lachen musste. Da beschlossen die Kobolde, mit dem Spiegel gen Himmel zu fliegen, sodass ihr Meister noch mehr Grund zum Lachen haben würde und sie sich alle gemeinsam über die Engel und Gott lustig machen könnten. Je höher sie flogen, desto mehr grinste der Spiegel, denn natürlich wurden da oben die Gedanken immer besser und frommer. Doch als sie so weit nach oben gekommen waren, dass sie Gott und seinen Engeln nahe kamen, da erzitterte der Spiegel so fürchterlich in seinem Grinsen, dass er ihren Händen entglitt, zur Erde fiel und zersprang. Nach all der Zeit, die seitdem vergangen war, flogen nun immer noch zig Milliarden Scherben über die Erde. Und diese arme Barbara war offensichtlich genau diesen teuflischen Spiegelsplittern zum Opfer gefallen. Ratlos saß der kleine Engel an der Seite der tief schlafenden Frau und bedauerte sie. Schließlich fing er sogar an zu weinen. Zum einen, weil ihm Barbara so leid tat, zum anderen aber auch, weil er nicht wusste, was genau er tun sollte, um ihr zu helfen. Aber Engelstränen haben große Macht und als sie Barbaras Augen benetzten, wurden die für Menschenaugen unsichtbaren Splitter heraus geschwemmt. Und auch der Teufelssplitter in ihrem Herzen wurde von den Engelstränen aufgeweicht, sodass er wie ein Eisstück zu schmelzen begann und schließlich verdampfte. Da freute sich der kleine Engel sehr und mit glücklichem Lachen schlüpfte er aus Barbaras Haus, denn er war sich sicher, ihr nun doch geholfen zu haben.

Barbara, die davon nichts mitbekommen hatte, stand am nächsten Tag gegen zehn Uhr auf und ging ins Bad, um mit ihrer Morgentoilette zu beginnen. Dabei schaute sie natürlich auch in den Spiegel – und wich verstört zurück. Denn nun, wo die teuflischen Splitter ihr nicht länger Hässliches als Schönes vorgaukelten, entsetzte sie ihr eigener Anblick. Wer war diese fremde Frau mit dem merkwürdig glattgebügelten Gesicht, den weit aufgerissenen Augen, den Schlauchboot-Lippen? Was war mit ihrem Antlitz geschehen? Wo war ihr eigenes Gesicht geblieben? Warum erkannte sie sich selbst in dieser Frau kaum noch? Wo waren ihre Grübchen, ihre Lachfalten? Der Schock war zu groß und so fing sie an zu schreien und zu schreien und zu schreien. Sie schrie auch noch, als ihr Hauspersonal erschrocken angelaufen kam. Sie schrie und schrie, bis schließlich ein Arzt kam und ihr eine starke Beruhigungsspritze gab, sodass sie letztendlich einschlief.

Doch nachdem die Wirkung dieser Spritze nachgelassen hatte und Barbara erneut einen Blick in einen ihrer vielen Spiegel geworfen hatte, fing sie wieder an zu schreien. Stunde um Stunde, Tag für Tag, Nacht für Nacht. Sie schrie so lange, bis sie in eine exklusive psychiatrische Klinik eingewiesen wurde. Dort brauchte man nur wenige Tage, um herauszufinden, dass ihr Schreien immer dann einsetzte, wenn sie sich selbst in einem Spiegel sah. Ja, dass sie bereits anfing zu schreien, wenn sie ihre Reflexion auch nur in einer Fensterscheibe oder einem Esslöffel entdeckte. Egal was man ihr für Medikamente gab, egal welche Therapie man probierte, Barbara ertrug ihren eigenen Anblick nicht mehr. Das Einzige was half, war, alle diesbezüglichen Gefahrenquellen auszuschalten. Doch das erwies sich als beinahe unmöglich. Man nahm alle Spiegel in ihrem Einzelzimmer und dem dazugehörigen Bad ab. Man brachte ihr das Essen nur noch mit Plastikbesteck. Spaziergänge im Klinikpark mussten sorgfältig geplant und beaufsichtigt werden, damit es nicht zu weiteren Zwischenfällen kam. Denn in der vierten Woche ihres Aufenthalts hatte sie sich dort im Taschenspiegel einer anderen Patientin gesehen, was wieder ihr markerschütterndes Geschrei auslöste. Selbst die schemenhaften Reflexionen in einer Wasserpfütze oder allzu glänzende, große Knöpfe konnten dazu führen, dass sie ihr Gesicht darin entdeckte und wieder anfing zu schreien.

Aber nach über einem halben Jahr glaubte der behandelnde Psychiater dann doch, sie soweit medikamentös und therapeutisch eingestellt zu haben, dass sie nach Hause entlassen werden konnte. Barbara hatte einen Sohn aus ihrer ersten Ehe. Der hatte, nach Rücksprache mit dem Arzt, entsprechende Vorbereitungen in ihrer Villa durchführen lassen. Als Barbara das Haus betrat, waren alle Spiegel verschwunden. Sämtliches Silberbesteck, der gesamte Gold- und Silberschmuck, jedes Utensil aus Chrom, Töpfe aus Edelstahl, eben alles, worin sie sich hätte sehen können, war entfernt worden. Die Jalousien an allen Fenstern hatten Tag und Nacht unten zu bleiben. Barbara selbst ging gar nicht mehr aus und trug zusätzlich tagsüber Hüte mit Schleiern vor dem Gesicht. Gelegentliche Rückfälle gab es trotzdem.

Zum Beispiel, als sie die Haushälterin beim Nähen überraschte und diese einen glänzenden Fingerhut in der Hand hielt, in dem sie einen Teil ihres Gesichts erblickte. Oder ein andermal, als sie bei ihren oftmals ruhelosen, nächtlichen Wanderungen durch das Haus in die Küche kam und sich selbst in einem Stück vergessener Alufolie sah.

Genau das waren dann die Momente, in denen der kleine Engel, der in jener Nacht an ihr Bett gekommen war, verzweifelt weinend in irgendeiner Himmelsecke saß und sich entsetzlich grämte und schämte. Was hatte er nur angerichtet? Wie konnte es sein, dass die arme Frau ohne die teuflischen Splitter so viel schlechter dran war als zuvor? Und so brachte der kleine Engelsnovize schließlich all seinen Mut auf und trat vor den mächtigen Engelsfürsten Michael, um ihn um Rat und Hilfe zu bitten. Scheu stand er vor dem strahlenden Erzengel und bat ihn, der armen Frau zu helfen. Könnte er ihr denn nicht ihr normales Gesicht wiedergeben? So wie es aussehen würde, wenn sie sich nicht all diese Spritzen, Eingriffe und Operationen hätte machen lassen? Michael hörte dem kleinen Engel aufmerksam zu, obwohl er natürlich schon längst wusste, was geschehen war. Es waren ihm sowohl die Tränen des kleinen Engels, als auch Luzifers boshaftes Gelächter und dessen diebische Freude über die Qual der unglücklichen Barbara nicht entgangen.

Michael, dessen Name „Wer ist wie Gott" bedeutet, wusste aber auch, dass nur Gott persönlich darüber zu entscheiden hatte, ob ein solches Wunder geschehen dürfe.

Und so gebot er dem kleinen Engel, sich etwas zu gedulden, während er selbst umgehend um eine Audienz bei Gott bat. Ein für ihn ungewöhnliches Vorgehen, denn um solche Audienzen ersuchte der mit vielen himmlischen Vollmachten ausgestattete Michael sonst eigentlich nur bei den ganz großen Katastrophen auf Erden. Doch selbstverständlich gewährte Gott in seiner Güte Michael die Audienz. „Oh Herr!", sprach Michael da zu Gott: „Du weißt natürlich, warum ich hier bin. Ist es gestattet, in diesem Fall ein Wunder geschehen zu lassen?"

Nach irdischer Zeitrechnung etwa eine halbe Stunde später, kehrte Michael zu dem kleinen Engel zurück, der ihn hoffnungsvoll anschaute. Er nahm ihn auf den Schoß und sagte: „Du weißt, dass Gott den Menschen einen freien Willen gegeben hat. Auch Barbara hat einen solchen."

Da unterbrach ihn das Engelchen aufgeregt und sagte: „Ja natürlich, aber Barbara war doch durch die Teufelssplitter so verblendet, dass sie schön und hässlich, richtig und falsch gar nicht mehr unterscheiden konnte."

Michael schüttelte den Kopf: „Beim Zweiten irrst du, kleiner Freund. Zwar konnte sie schön und hässlich dadurch nicht mehr unterscheiden, aber diese teuflischen Splitter hatten und haben keine Macht darüber, was die Menschen im Innersten denken, fühlen und spüren. Die Entscheidung, was richtig und was falsch ist, kann und muss jeder Mensch nach eigenem Gutdünken treffen. Wenn Barbara einen schweren Unfall gehabt und deswegen plastische Chirurgie benötigt hätte, dann sähe die Sache anders aus. Aber

Barbara wollte die Spuren des Alters stoppen und Dinge, die an ihr vollkommen normal, natürlich und gesund waren, zugunsten eines vermeintlichen Ideals ändern. Dadurch war sie bereit, sich Menschen anzuvertrauen, die selbst ein bisschen Gott spielen wollen. Aber das noch nicht mal um zu helfen, sondern einfach nur wegen des Profits. Das war ihre Entscheidung. Verstehst du das?"

Traurig nickte der kleine Engel, sagte aber auch: „Dann wäre es besser gewesen, ich hätte gar nichts gemacht."

Michael lächelte: „Oh nein! Versteh doch, Barbara hat eine gute Tat begangen, indem sie dem Straßenmusiker das Geld gab. Das war ihre freie Entscheidung. Die kleine Michaela hat sich so darüber gefreut, dass sie aus Dankbarkeit für die Gabe und aus Mitleid wegen des unnatürlichen Gesichts dieser Frau für sie gebetet hat und ich habe dich dann zu ihr geschickt. Du hattest ebenfalls Mitleid mit ihr und durch deine Tränen wurden die teuflischen Splitter entfernt. All das ist gut und richtig."

Der kleine Engel schaute zu Michael auf: „Aber der Teufel lacht und freut sich."

„Mag sein, aber du kennst doch das alte Sprichwort, das Menschen oft benutzen: Wer zuletzt lacht, lacht am besten. Und das wird nicht Luzifer sein", antwortete Michael. „Er ist es nie."

„Wird dann also doch noch alles gut?", fragte der Kleine mit bangem Hoffen.

„Habe Geduld und Vertrauen!", antwortete Michael ihm, hob ihn sanft von sich herunter und verabschiedete ihn dann mit einem kleinen, liebevollen Stupser. Das Engelchen ging getröstet, aber auch sehr nachdenklich davon.

Und Barbara? Ein weiteres Jahr verstrich. An Barbaras Zustand änderte sich nicht wirklich etwas. Immer noch ertrug sie es nicht, in einen Spiegel zu blicken. Der kleine Engel aber kam jede Nacht, während Barbara schlief, und setzte sich zu ihr. Sanft streichelte er über ihr mittlerweile nicht mehr goldblondes, sondern zunehmend ergrautes Haar. Sie ließ sich die Haare schon lange nicht mehr färben. Wie hätte sie das Ergebnis auch betrachten können, ohne dabei Gefahr zu laufen, ihr Gesicht ebenfalls zu sehen. Das Engelchen saß meist nur stumm an ihrer Seite. Doch eines Abends flüsterte es ihr, einer göttlichen Eingebung folgend, ins Ohr: „Hab Vertrauen! Gott und seine Engel wachen über dich."

Als Barbara am nächsten Tag aufwachte, erinnerte sie sich daran, glaubte aber geträumt zu haben. „Was für ein wundervoller Traum", murmelte sie vor sich hin. Auf eine ihr unerklärliche Weise machte ihr dieser Traum tatsächlich Mut. Ein paar Tage später verlangte sie, ihren Psychiater zu sehen. Und sie bat ihn, einen Spiegel mitzubringen. Der tat das, wenn auch mit gewissen Bedenken. Nach einem kurzen Gespräch überreichte er Barbara, die ihm verschleiert gegenübersaß, zögernd einen kleinen Handspiegel. Zunächst warf sie nur einen ganz kurzen Blick hinein. Dann nochmal und diesmal schon länger. Ohne erkennbare Reaktion saß sie da und betrachtete ihr verschleiertes Gesicht. Der Psychiater reagierte erfreut und meinte, dass dies ja bereits ein großer Fortschritt sei. Barbara aber saß einfach nur da und blickte weiter in den Spiegel. Plötzlich und ohne Vorwarnung zog sie den Schleier von ihrem Gesicht und betrachtete sich ganz genau. Der Psychiater sog die Luft ein und wappnete sich für die ihm nur allzu vertrauten, spitzen Schreie. Doch Barbara schrie nicht. Nach einigen Sekunden gab sie dem Psychiater den Spiegel ganz ruhig zurück und sagte: „Da habe ich mir selbst ja wirklich Schlimmes angetan. Doch damit werde ich leben müssen." So ruhig, so vernünftig, so beherrscht, dass der Arzt sie nur sprachlos anschaute. Barbara nickte ihm zu: „Nun kann ich mich endlich der Realität stellen. Natürlich gefällt mir immer noch nicht, was ich sehe, aber wie gesagt, damit werde ich leben müssen. Letztlich sind das ja sowieso alles nur Äußerlichkeiten. Ich werde das schon hinkriegen." Und das tat sie ab diesem Zeitpunkt auch. Und sie tat sogar noch mehr. Sie nutzte einige ihrer Beziehungen, Kontakte und ihr Geld und äußerte sich öffentlich gegen Jugendwahn, Nervengifte als Faltenkiller und über krankmachende, wahnwitzige Schönheitsoperationen. Sie erzählte von ihren psychischen Problemen, verwies immer wieder auf ihr Gesicht als mahnendes Beispiel und erwarb sich dadurch, zwar nicht von allen, aber doch von vielen, jede Menge Respekt.

Luzifer grinste bei ihrem Anblick nicht mehr, sondern ärgerte sich. Erzengel Michael lächelte und dankte Gott. Und der kleine Engel lachte vor Freude und das jeden Tag!

„*Der Schaden eines jeden Wesens besteht in dem,
was wider die Natur geht.*“

*Epiktet*

# VI

# Die Zeit der wogenden Ähren

# Fußspuren im Feld

Kevin lehnte sich zufrieden auf seinem schwarzen Designer Ledersessel zurück. Sein I-Phone hatte er in die Dockingstation seiner schicken Soundanlage gesteckt, um seine aktuellen Lieblingssongs in voller Klangqualität genießen zu können. Ein angenehmer Abend in seinem Apartment lag vor ihm. Sonntagabende verbrachte er grundsätzlich zuhause. Montags und mittwochs ging er immer direkt von der Arbeit ins Fitness-Studio. Dienstagabende waren fürs Einkaufen reserviert und Donnerstagabende für die Happy Hour in seinem Lieblings-Pub. Den Abend des Freitags wiederum widmete er immer der Kultur, indem er ein klassisches Konzert, eine Theateraufführung, ein Musical, eine Ausstellung oder eine Lesung besuchte. Und an Samstagabenden ging er auf Dates beziehungsweise Verabredungen, so er gerade eine entsprechende weibliche Bekannte hatte, was, seit er in New York lebte, immerhin schon viermal vorgekommen war. Seit 18 Monaten wohnte er nun in der großen Stadt und arbeitete im Innendienst für eine erfolgreiche Immobilienfirma. Was für eine Erleichterung und was für ein persönlicher Triumph, dass er der öden Kleinstadt im Mittleren Westen, aus der er stammte, entkommen war. Und es war wirklich ein Entkommen gewesen, denn kaum jemandem gelang es. 15 Jahre nach dem High-School Abschluss war er einer von nur vier aus 212 seines Jahrgangs, die den Absprung geschafft hatten.

Punkt 22.30 Uhr erhob Kevin sich, denn er war ein junger Mann mit festen Gewohnheiten. Er schaltete die Anlage aus, holte sein I-Phone aus der Docking Station und steckte es in die auf der kleinen Kommode im Flur stehende Ladestation. Dann begab er sich in sein ausschließlich aus weißen Möbeln bestehendes Schlafzimmer. Mit Bedacht wählte er seine Kleidung für den morgigen Tag im Büro. Hellgraue Bundfaltenhose, tadellos gebügelt, ein weißes Hemd mit hellblauen Längsstreifen, natürlich ebenfalls absolut faltenlos, eine zur Hose passende graue Krawatte mit dezentem, blauen Muster und ein dunkelgraues Sakko. Sorgfältig hängte er seine Auswahl an den eigens dafür in einer Ecke des Schlafzimmers stehenden, natürlich ebenfalls weißlackierten Garderobenständer. Dann ging er nochmal zurück in den Flur und vergewisserte sich, dass die schwarzen Schnürschuhe im Schuhschrank, die er dazu tragen würde, makellos glänzten. Er kontrollierte nochmals, dass seine Sporttasche für den morgigen, abendlichen Besuch im Fitness-Studio ordentlich gepackt war und betrat danach sein Bad, um zu duschen. Exakt um 23.30 Uhr lag er dann in seinem mit schneeweißer Bettwäsche bezogenen Bett und schloss die Augen. Um Punkt 6.30 Uhr würde der Wecker klingeln. Zufrieden schlief er innerhalb von Minuten ein.

Am nächsten Morgen verließ er – wie an jedem Arbeitstag – genau um 7.45 Uhr das dreistöckige Apartmenthaus in Sunnyside, Queens, in dem er seit seinem Umzug nach

New York wohnte. An der Subway Station stieg er wie jeden Werktag in den 7. Train der Flushing Line, um 25 Minuten später in Midtown Manhattan zusammen mit tausenden anderen Menschen auszusteigen. Er legte die vier Blocks zu dem Wolkenkratzer, in dem die Immobilienfirma, für die er tätig war, ihre beeindruckenden Büroräume unterhielt, wie immer in exakt sechs Minuten zurück, bestieg in der eleganten Lobby – wie sonst auch – den äußerst links gelegenen Aufzug und verließ ihn im 18. Stock, um das Großraumbüro, das er sich mit 36 Kollegen teilte, zu betreten. Er ging zu seinem Schreibtisch, setzte sich und begann, genau wie jeden Morgen, pünktlich um neun Uhr seine Tätigkeit. Und genau wie jeden Abend beendete er seine Aufgaben exakt um 17.00 Uhr.

Die Woche nahm ihren Lauf. Selbstverständlich behielt Kevin seinen gewohnten Rhythmus bei. Und so verließ er auch am Freitagabend das Büro wieder kurz nach 17.00 Uhr, nahm die Subway nach Sunnyside, kehrte in sein Apartment zurück und zog sich – genau wie immer nach der Arbeit – zunächst mal sein Office Outfit aus. Danach machte er sich, wie stets an Freitagen, in seiner funktionalen Kochnische ein Käse-Salat-Sandwich und trank dazu einen halben Liter Milch, während er die aktuellen News auf seinem Lieblingssender im TV anschaute. Dann räumte er das Geschirr in seine praktische Single Geschirrspülmaschine. Und da es eben Freitag war, kam nun der Zeitpunkt, sich für den der Kultur gewidmeten Abend fertigzumachen. Nach einer kurzen Dusche schlüpfte er in seine schwarzen Jeans, wählte dazu ein schwarzes Hemd, zog stolz seine erst vor sechs Wochen und natürlich an einem Dienstag erworbenen Chelsea Boots an und wählte – für den leicht künstlerischen Touch – ein Tuch mit Paisley Muster in kräftigen Blautönen, das er lose um seinen Hals knotete. Der obligatorische Blick in den Spiegel entlockte ihm ein zufriedenes Lächeln. Ja, dieser gutgekleidete, blonde Mann mit der modischen Kurzhaarfrisur konnte sich durchaus sehen lassen. Bevor er seine Wohnung verließ, griff er noch nach einem leichten Hoodie Blouson in dunkelblau. Durch seine Wetter App wusste er nämlich, dass das Regenrisiko bei bewölktem Himmel und 69.8 Grad Fahrenheit für ganz New York City immerhin bei 45% lag. Mit der U-Bahn ging es wieder nach Manhattan zum Metropolitan Museum of Arts. Dort zeigte man seit einigen Wochen eine vielbeachtete Retrospektive des Amerikanischen Realismus des 20. Jahrhunderts. Als Anhänger der holländischen Landschaftsmalerei sowie der Impressionisten erwartete Kevin sich eigentlich nicht allzu viel davon. Doch er fand es wichtig, „mitreden" zu können. Und so kaufte er sich an der Kasse nicht nur das Eintrittsticket, sondern auch – wie immer bei Ausstellungen – den dazugehörigen Katalog. Zufrieden betrachtete er ihn, ein weiteres Exemplar für seine Sammlung. Danach schlenderte er gemächlich durch die gut besuchten, der Ausstellung gewidmeten Räume des Metropolitan. Dabei betrachtete er nicht nur die an den Wänden hängenden Gemälde, sondern durchaus auch die weiblichen Besucherinnen. Zurzeit hatte er nämlich niemanden für die Samstagabende. Vielleicht würde sich ja hier etwas ergeben. Tat es aber erst mal nicht und so blieb er schließlich im fünften Raum bei einem großen Wandgemälde stehen. Irgendwie erinnerte ihn das gelbe Weizenfeld mit dem im Hintergrund stehenden, typisch amerikanischen Farmhaus an seinen Heimatort in Iowa. Am Rande des Weizenfelds schlängelte sich ein schmaler, offensichtlich seit langem nicht mehr genutzter, zugewachsener Trampelpfad entlang. Das ursprüngliche Weiß der aus Holzpaneelen bestehenden Fassade des einstmals sicher hübschen Hauses war verwittert und die Farbe an den grünen Fensterrahmen fast komplett abgeblättert. Die für diesen Baustil typische Veranda an der Vorderseite des Hauses war leer. Das ganze Gebäude strahlte Vernachlässigung, Trostlosigkeit und Einsamkeit aus. Wahrscheinlich, so dachte sich Kevin mit einem plötzlich aufkommenden Gefühl von Schuldbewusstsein, lebten dort nur noch alte Menschen, vielleicht auch gar niemand mehr. Kurz dachte er an seine Großeltern, bei denen er aufgewachsen war. Sein Großvater war vor fünf Jahren gestorben, seitdem war die Großmutter ganz allein. Er trat näher an das Bild, um die an der Seite angebrachte Nummer zu lesen: 33. Kevin schmunzelte. Die Nummer des Bilds entsprach genau seinem Alter. Er blätterte durch den Ausstellungskatalog und las unter der Nummer 33: „Somewhere in the Midwest" von Grandma Emily. Oma Emily? Ohne Nachnamen? Seltsam. Kevin betrachtete das Bild genauer. Die Ähren des Weizenfeldes standen aufrecht in Reih und Glied, keine einzige davon war schief oder geknickt. Nachdenklich betrachtete er nochmal das Gemälde. Die makellose Perfektion des Weizenfeldes ließ das Haus in seinem leicht verwahrlosten Gesamteindruck regelrecht traurig wirken. Nun fiel ihm auch auf, dass auf dem Haus des Daches sieben Schindeln fehlten und dass – ganz leicht angedeutet am Bildrand – die Ecke einer für die Gegend typischen roten Scheune zu erkennen war.

Kevin vertiefte sich zunehmend in das Gemälde. Überrascht blickte er auf, als plötzlich eine männliche Stimme per Lautsprecher verkündete, dass das Museum in 15 Minuten schließen würde. Was? War es tatsächlich schon 20.45 Uhr? Er wusste, dass sein Museumsbesuch gegen 19.00 Uhr begonnen hatte. Und es war kurz vor halb acht gewesen, als er in diesen Raum, nämlich Raum Fünf, gekommen war. Konnte es tatsächlich sein, dass er nun schon seit über einer Stunde in den Anblick dieses Bildes vertieft war? Irritiert schaute er auf seine Armbanduhr und tatsächlich, 20.45 Uhr. Schade, nun würde er definitiv nicht mehr genügend Zeit haben, um sich die Werke in den restlichen drei Räumen dieser Ausstellung anschauen zu können oder gar eine Damenbekanntschaft zu machen. Er warf nochmals einen langen, sehr langen, genau genommen mehrere Minuten dauernden Blick auf das Bild Nummer 33, wie er es in Gedanken nannte, und begab sich danach beinahe widerwillig zum Ausgang. Dabei nahm er sich vor, am morgigen Samstag nochmal die Ausstellung zu besuchen. Und das nur, so redete er sich selbst ein, um das Versäumte – sprich die anderen Ausstellungsräume – nachzuholen. Auch wenn dies eine krasse Veränderung seiner Tagesroutine bedeuten würde. Aber nun ja, an Samstagen pflegte er tagsüber meist sowieso nur auszuschlafen, seine Wohnung zu putzen und fernzusehen. Und da es momentan auch keine Frau in seinem Leben gab, mit der er sich für den Abend verabreden konnte, würde ein erneuter Museumsbesuch sein Leben schon nicht komplett durcheinander werfen.

Hätte es jemanden gegeben, der an jenem folgenden Samstag die Ausstellung über den Amerikanischen Realismus im Metropolitan Museum of Arts in New York besuchte, um nach Kevin Ausschau zu halten, wäre er in Raum Fünf fündig geworden. Denn da stand Kevin stundenlang, gänzlich vertieft in den Anblick von Grandma Emilys Bild. Es waren eben doch nicht die anderen Ausstellungsräume, die ihn nochmal hergezogen hatten, sondern dieses Bild mit der Nummer 33. Ganz offensichtlich hatte er sich nicht alle Details richtig eingeprägt. Denn im Gegensatz zum Vortag fielen ihm nun einige umgeknickte Weizenähren auf. Und der einsame Pfad am Rande des Weizenfelds war auch nicht so zugewachsen, wie er es in Erinnerung hatte. Sogar die fehlenden Dachschindeln hatte er offensichtlich nicht richtig gezählt, denn es waren ja nur fünf und nicht, wie er es von gestern zu wissen glaubte, sieben.

Den ganzen darauffolgenden Sonntag, den Kevin zuhause verbrachte, dachte er noch über diesen Mangel an Aufmerksamkeit seinerseits nach. Und als Kevin dann am Montagmorgen durch die Eingangshalle ging, um wie immer in den 18. Stock zu seinem Büro zu fahren, stieg er, zum ersten Mal seit er seinen Job dort angefangen hatte, nicht in den linken, sondern in einen der mittleren Aufzüge. Allerdings fiel ihm selbst das gar nicht auf. Denn er war zu diesem Zeitpunkt, ebenso wie später bei der Arbeit und abends im Fitness-Studio, mit den Gedanken bei dem Bild. Und als er auch am Dienstag, statt sich voll und ganz auf eine statistische Auswertung über Preisveränderungen im gehobenen Immobiliensektor in Connecticut zu konzentrieren, wieder fast nur an das Gemälde denken konnte, traf er eine für seine Verhältnisse geradezu revolutionäre Entscheidung. Noch vor der kurzen Mittagspause ging er zu seinem Teamleiter, um zu fragen, ob er heute – aufgrund einer dringenden privaten Verpflichtung – schon um 15.00 Uhr Feierabend machen könne. Der Teamleiter, der mit Kevins Arbeit bisher voll und ganz zufrieden war, gab ihm die Genehmigung. Und Kevin, der sich, solange er in New York City war, noch nie ein Taxi genommen hatte, eilte aus dem Firmengebäude, hielt direkt davor ein vorbeifahrendes Taxi an und ließ sich zum zu Fuß durch den Central Park nur 23 Minuten entfernten Metropolitan Museum fahren. Schließlich war dieses nur an Freitagen und Samstagen bis 21.00 Uhr geöffnet. Von Sonntag bis Donnerstag schloss es schon um 17.30 Uhr. Doch als Kevin dann vor „seinem“ Bild, wie er es mittlerweile nannte, stand, glaubte er seinen Augen nicht zu trauen. Keine einzige Schindel fehlte auf dem Dach! Die Fensterrahmen wirkten nicht mehr abgeblättert, sondern leuchteten in sattem

Grün und die Hausfassade war nicht verblichen, sondern strahlend weiß. Kevin rieb sich die Augen und starrte das Bild an. Was war hier los? Oder besser noch, was war mit ihm los? Als das Museum zumachte, ging er direkt nach Hause und – obwohl es Mittwochabend war – nicht ins Fitness-Studio. Stattdessen verbrachte er den ganzen Abend grübelnd in seinem schwarzen Designer Ledersessel. Und erst gegen zwei Uhr, statt wie sonst immer vor einem Arbeitstag um 23.30 Uhr, konnte er sich aufraffen, endlich ins Bett zu gehen.

Früh am nächsten Morgen rief ein vollkommen übernächtigter Kevin in seiner Firma an und hinterließ auf dem Anrufbeantworter seines Teamleiters die Nachricht, dass er dringend zum Zahnarzt müsse, weil er in der Nacht ganz schreckliche Zahnschmerzen bekommen habe. Doch natürlich musste er in Wirklichkeit zu seinem Bild. Bestimmt hatte er sich da etwas eingebildet. Heute würde er sich davon überzeugen, dass sich nichts, aber auch gar nichts an diesem Bild veränderte und danach könnte er dann endlich wieder mit seinem normalen, geordneten Leben fortfahren. Das Metropolitan öffnete um zehn Uhr und Kevin, der bereits seit einigen Minuten draußen gewartet hatte, holte sich seine Eintrittskarte und eilte in Raum Fünf zu Bild Nummer 33. Wie vom Donner gerührt starrte er es an. Denn nun waren da ganz ohne Zweifel in den vormals so makellos dastehenden Weizenähren Fußspuren im Feld.

Am nächsten Tag erhielt Kevins Firma keinen Anruf von ihm – und das, obwohl er nicht zur Arbeit kam. Und auch an den Tagen danach und danach und danach kam er nicht wieder.

Die Ausstellung über den Amerikanischen Realismus im Metropolitan Museum zog weiterhin zahlreiche Besucher an. Und schließlich, am letzten Tag der Retrospektive, auch eine geradezu klassische drei Personen-Bilderbuchfamilie aus der Schweiz, bestehend aus Vater, Mutter und Kind, die während ihres einwöchigen Aufenthalts in New York schon zahlreiche Sehenswürdigkeiten aufgesucht hatten. Das Kind, ein niedliches, etwa sieben Jahre altes Mädchen mit großen, blauen Augen und einer zur Farbe ihrer Augen passenden, hellblauen Seidenmasche im lockigen, nussbraunen Haar, blieb in Raum Fünf vor einem Bild stehen. Darauf war ein gepflegtes, strahlend weißes Farmhaus mit leuchtend grünen Fensterrahmen im typischen Baustil des Mittleren Westens vor einem Weizenfeld zu sehen. Doch die Aufmerksamkeit des kleinen Mädchens galt einem weiß-braun gefleckten Hund, der auf der Veranda an der Vorderseite des Hauses neben einer alten, weißhaarigen Frau im Schaukelstuhl lag. „So ein süßer Hund!", rief das Kind, ohne auf die blühenden Topfpflanzen zu achten, die zusammen mit den Korbmöbeln und der wie jedermanns Großmutter wirkenden Frau im Schaukelstuhl die Veranda ungemein heimelig und gemütlich wirken ließen. „So einen möchte ich auch!" Die Eltern des Kindes traten näher an das Bild heran. „Ein schönes Bild von einem schönen, sehr gepflegten Haus", meinte der Mann. Und die Frau sagte: „Und seht mal, da schaut ein junger Mann hinter einer der

Fensterscheiben hervor. Wie liebevoll alle Details in diesem Bild gemalt wurden. Alles wirkt so lebensecht." Ihr Mann folgte mit seinen Blicken ihrem ausgestreckten Zeigefinger, der auf einen auffallend bleichen, blonden Mann an einem Fenster im oberen Stockwerk zeigte. Er nickte bestätigend und schaute auf die Nummer des Bildes und dann in den Ausstellungskatalog, den er in seinen Händen hielt: „Bild 33 von Grandma Emily", las er vor. „Der Name des Bildes lautet ‚Somewhere in the Midwest.'"

„Was heißt das genau?", fragte das Mädchen seinen Vater, der antwortete: „Irgendwo im Mittleren Westen."

„Is all that we see or seem
But a dream within a dream?“
„Ist alles, das wir sehen oder zu sein scheinen,
nichts als ein Traum in einem Traum?“

Edgar Allan Poe

# VII
## Die Zeit der bunten Blätter

# Plaudereien aus der Hutschachtel

Guten Tag, darf ich mich vorstellen? Mein Name ist Zylinder, ich bin ein Hut. Selbstverständlich bin ich kein gewöhnlicher Hut, sondern gewissermaßen der Aristokrat unter den Kopfbedeckungen. Ich feierte mein gesellschaftliches Debut im Jahre 1907, da erwarb mich ein junger Gentleman bei einem der angesehensten und vornehmsten Herrenausstatter Londons. Die Belle Époque trägt ihren Namen, zumindest aus meiner Sicht, zu Recht. Wir feierten rauschende Feste, speisten in den exquisitesten Restaurants und wohnten in den besten Hotels Europas.

Mein damaliger Träger, Lord Jonathan Laley, fand Einlass in den ersten Häusern der Londoner Gesellschaft und erhielt Einladungen auf Englands größte Landgüter. Und ich war natürlich immer und überall dabei. Mit Fug und Recht kann ich behaupten, in den vornehmsten Garderoben Englands ein gern gesehener und beliebter Gast gewesen zu sein. Zwar bin ich ein ausgesprochenes Abend- und Nachtgeschöpf und ziehe es vor, tagsüber zu ruhen, aber natürlich kann ich durchaus auch im Sonnenschein glänzen. Ja, damals ging es mir wirklich gut. Ich war sehr stattlich und stets adrett. Und selbstverständlich gab es zahlreiche dienstbare Geister, die mir die gebührende Achtung erwiesen. Ich wurde mit größter Sorgfalt behandelt und gepflegt und präsentierte mich meinen Betrachtern stets makellos und stolz. Ein herrliches Leben – diese gute alte Zeit.

1914 aber änderte sich mein Dasein komplett. Schockiert musste ich feststellen, dass man mich zwar sorgfältig aufbewahrte, Lord Jonathan aber offensichtlich auf meine Begleitung keinen Wert mehr legte. Den Grund dafür erfuhr ich schon bald aus dem Klatsch der anderen Hüte und Kopfbedeckungen, an dem ich mich zwar nie beteiligte – ich war damals noch ein rechter Snob –, dem ich aber stets aufmerksam lauschte. Ich erfuhr, dass der junge Lord, so wie viele andere auch, schon bald in einen großen Krieg ziehen würde. Wie konnte er nur die Eleganz meiner Erscheinung gegen die Unförmigkeit jener seltsamen Kappe, die er jetzt trug, eintauschen?! Ich war pikiert. Was interessierte mich die Politik, ich wollte im Licht der Kronleuchter glänzen.

Vier mir endlos erscheinende Jahre, in denen ich mich schrecklich langweilte und mit meinem Los sehr unzufrieden war, vergingen. Dann endlich holte man mich aus meiner Schachtel heraus, doch war es nicht Lord Jonathans Kopf, auf dem ich landete. Zusammen mit Anzügen, Hemden, Mänteln und anderem wurde ich in eine große Kiste gepackt. Da der junge Lord nicht aus dem Krieg zurückgekehrt war, übergab seine Tante all seine persönlichen Habseligkeiten – darunter auch mich – an das Rote Kreuz. Allerdings war ich dort vollkommen fehl am Platz. Socken, Pullover, Schals und sogar die Anzüge wurden den Bedürftigen gegeben. Ich aber blieb verwirrt und um Lord Jonathan trauernd zurück. Weil sich aber auch noch andere Luxusgegenstände beim Roten Kreuz angesammelt hatten, beschloss ein Komitee eine Auktion durchzuführen, deren Erlös den Armen zugutekommen sollte. Am Tag dieser Auktion kümmerte sich dann auch endlich wieder einmal jemand um mich. Ich wurde fein herausgeputzt und lag schließlich stattlich und so stolz und schön wie vor dem Krieg auf dem Tisch des Auktionators. Jedoch musste ich zu meinem Entsetzen schon bald feststellen, dass man mir nicht die gebührende Aufmerksamkeit erwies. Niemand schien sich für mich zu interessieren. Der Auktionator setzte die für mich festgelegte Mindestsumme immer weiter nach unten. Endlich, als ich schon fast die Hoffnung verloren hatte, erwarb mich dann doch noch jemand – und zwar eine junge Dame. Lachend erzählte sie ihrem Begleiter, dass sie mich für ihre Kostümierung bei einem bevorstehenden Maskenball benutzen wolle. Ich war empört, dass mein neuer Besitzer eine Frau war, die mich zudem wohl noch für eine komische Erscheinung hielt. Aber mittlerweile schrieben die Menschen bereits das Jahr 1921. Mehr als sieben Jahre waren vergangen, seit ich das letzte Mal an einem Fest teilgenommen hatte. Und als dann der Abend des Balles anbrach und ich nach langwierigen Vorbereitungen und viel Gekicher auf dem Kopf von Miss Clarissa Bowen den hellerleuchteten Festsaal betrat, war ich nur noch aufgeregt und sehr glücklich. Die junge Dame hatte sich als Dandy der Jahrhundertwende verkleidet und erregte mit mir und in ihren Männerkleidern allgemeines Aufsehen und große Begeisterung. Wir tanzten fast die ganze Nacht und mir war schwindlig von den vielen Drehungen – und vor Freude.

Ich war so stolz, endlich einmal wieder im Mittelpunkt zu stehen. Doch mein Glück währte nicht lange, denn bereits am Morgen danach beförderte man mich achtlos auf den Dachboden der Villa, die Miss Bowen mit ihren Eltern bewohnte.

Und so lag ich da, zutiefst niedergeschlagen. Sollte es von nun an mein Schicksal sein, hier in dieser Rumpelkammer zu verstauben?! Es war eine bittere Zeit. Meistens hing ich meinen Erinnerungen nach. Der unselige Krieg hatte alles verändert. Am Anfang war ich noch voller Zorn, doch der Zorn änderte nichts an meiner Lage und schließlich dämmerte ich Tag für Tag nur noch vor mich hin. Aus Tagen wurden Wochen, Monate und schließlich Jahre. Dann kam der Oktober 1929. Der Börsenkrach und die ihm folgende Wirtschaftskrise zerstörten Vermögen. Auch die Familie Bowen verlor ihr gesamtes Geld. Sie mussten verkaufen, was irgend möglich war. Ich glaube, es ging ihnen wirklich sehr schlecht, denn sogar mich, dessen Existenz sie sicherlich jahrelang vergessen hatten, brachten sie zusammen mit alten Möbeln, Ölbildern, Nippesfiguren, asiatischen Skulpturen und vielerlei Tand zu einem Trödler.

Mir aber gefiel es in dem Trödelladen viel besser als auf dem Dachboden. Immerhin hatte man mich gebürstet und ich kam aus dem immerwährenden Halbdunkel der Rumpelkammer in das Schaufenster des Trödlers, der sich stolz Antiquitätenhändler nannte. Dort hörte ich dann so manche Geschichte, die mir zu Herzen ging. Besonders angetan hatte es mir eine zierliche, silberne Abendtasche. Diese war bis vor kurzem noch oft in der Oper, auf Empfängen und bei Tanzveranstaltungen gewesen. Von ihr erfuhr ich, was sich in all den vergangenen Jahren ereignet hatte. Staunend lauschte ich den Erzählungen meiner Freundin. Sie beschrieb mir die neumodischen Tänze und erzählte von rauchenden Damen und Automobilfahrten. Auch ich hatte zu Zeiten des seligen Lord Jonathans ein paar dieser seltsamen, lärmenden Blechkisten gesehen. Doch wie ich durch unser Schaufenster feststellen konnte, hatten sie sich ungeheuerlich vermehrt. Niemand schien mehr mit einer Kutsche zu fahren und statt des Wieherns der Pferde hörte man bis in die Beschaulichkeit unseres Ladens praktisch nur noch das Dröhnen dieser unförmigen Geschöpfe. Die Zeiten hatten sich wahrlich geändert. Ein alter Spazierstock mit silbernem Knauf, mein direkter Nachbar, wurde eines Tages verkauft. Ein Mensch, der Englisch sprach und doch auch wieder nicht, hatte ihn mitgenommen. Meine kleine Freundin, die Abendtasche, meinte, dass dies ein Amerikaner gewesen sein müsse, da sie Leute mit dieser Aussprache als Besucher bei ihrer ehemaligen Inhaberin kennengelernt habe.

Die Zeit verging, aber es wurde nicht langweilig, denn immer wieder kamen Menschen ins Geschäft. Die meisten der Leute, die in unseren Laden kamen, schauten zwar nur oder brachten selbst Sachen zum Verkauf, aber manchmal wurden auch Gegenstände erworben. Auch ich wurde des Öfteren begutachtet, landete danach aber stets wieder auf meinem Platz. Und eigentlich war ich damit auch durchaus zufrieden. Das silberne Täschchen war mir mittlerweile nämlich sehr ans Herz gewachsen. Ach, Sie schmunzeln jetzt wohl! Aber warum eigentlich? Schließlich hat doch auch ein Hut Gefühle.

Nun, zurück zu meiner Erzählung. Unerbittlich schritt die Zeit voran und verging. Wir im Trödelladen fühlten uns damals als eine Gesellschaft Verlorener, vom Schicksal betrogen, aber in unserer kleinen Welt dennoch irgendwie auch heimisch und zusammengehörend. Die meisten von uns hatten bessere Zeiten gesehen, aber viele – wie auch ich – kannten auch noch Schrecklicheres. Wenn ich mit meinem Los manchmal doch unzufrieden werden wollte, dachte ich mit Schrecken an den Dachboden zurück und dann war ich im Trödelladen beinahe glücklich.

Doch 1932 schlug dann die Stunde für mein Täschchen und mich. Ein Ausländer, ein Deutscher, erwarb uns. Wir wussten unser Glück kaum zu fassen. Nicht nur, dass wir zusammenbleiben konnten, wir sollten auch noch eine große Reise antreten. Ich fühlte mich zurückversetzt in alte Zeiten und entschädigt für alles Unbill. Unser neuer Besitzer hieß Sebastian Walddorf. Er schien ein kultivierter und gebildeter Mann zu sein. Offensichtlich war er auch vermögend, denn wir reisten im großen Stil. Wir wurden behutsam und sorgfältig verstaut und sonnten uns im Vorgefühl gesellschaftlicher Triumphe. Die Reise ging bis in die Hauptstadt der Deutschen, also nach Berlin. Auch das freute uns, denn schließlich waren wir beide Londoner und hätten uns in der Provinz kaum wohlgefühlt. Frau Walddorf fand großen Gefallen an meiner lieben, silbernen Abendtasche. Mich fand sie wohl eher amüsant und tatsächlich schien man für mich keine Verwendung zu haben. Ich fing an zu begreifen, dass man auf meine Begleitung verzichten konnte, ja mehr noch, ich war offensichtlich aus der Mode gekommen. Aber ich hatte es gut, wurde von Zeit zu Zeit gebürstet und man brachte mich, ebenso wie Täschchen, in einem komfortablen, großen Schrank unter. Wir konnten uns unterhalten und niemand schob mich in eine grausige, halbdunkle Rumpelkammer ab. Von Täschchen erfuhr ich vieles über Berlin. Einiges, das sie berichtete, gefiel mir sehr gut, anderes erschreckte mich regelrecht. Aber jedes Mal, wenn Täschchen aus dem Schrank geholt wurde, wäre ich schon auch selbst gerne mitgegangen.

Einmal wurde ich dann aber doch auch wieder gebraucht und zwar im Sommer 1936, anlässlich der Hochzeit einer Tochter der Familie Walddorf. Zu dieser Festlichkeit wollte das Familienoberhaupt mit Frack und Zylinder – also meiner Wenigkeit – erscheinen. Schon am frühen Morgen des großen Tages wurde ich aus dem Schrank geholt und fein gemacht. Vor Freude hätte ich am liebsten Purzelbäume geschlagen – endlich, endlich wieder ein Fest! Es war ein wundervoller Tag, nur getrübt durch den Eindruck, dass Herr Walddorf den männlichen Mitgliedern der Familie des Bräutigams, die in ihren braunen und schwarzen Uniformen einen kriegerischen und unangenehmen Eindruck bei mir hinterließen, nicht besonders gewogen schien. Ganz anders verhielt es sich damit bei Frau Walddorf, die dem Familienzuwachs freudigen Respekt entgegenbrachte. Es wurde viel getrunken. Auch Herr Walddorf sprach dem Alkohol reichlich zu. Seine Rede war aber dennoch sehr schön und gefiel mir viel besser, als die des Vaters des Bräutigams, die mit einem sonderbaren Gruß endete, bei dem sein rechter Arm vorschnellte. Aber eigentlich war mir das alles gar nicht so wichtig, denn ich war einfach nur glücklich und dankbar, dass man mich wenigstens einmal wieder gebraucht hatte. Über die darauffolgenden Jahre gibt es nicht viel zu erzählen. Es war eine beschauliche Zeit, die ich zusammen mit Täschchen verbrachte. Zweimal wurde ich noch für bedeutende Anlässe benötigt und jedes Mal war es ein erhebendes Gefühl.

1939 aber brach wieder ein großer Krieg aus. Wir im Schrank erfuhren von dem Lieblingshut unseres Besitzers davon. Allzu tragisch wurde diese Nachricht insgesamt nicht aufgenommen. Ich aber hatte ein banges Gefühl, denn schon einmal hatte ein großer Krieg die Gesellschaft und mein Dasein verändert. Sollte alles wieder von vorne beginnen? Auch hörte man schreckliche Gerüchte über die mächtige Partei Deutschlands. Die Hausschuhe unseres Inhabers berichteten von sehr besorgten Äußerungen unseres Besitzers. War mir doch schon vor vielen Jahren bei der Hochzeit seiner Tochter aufgefallen, dass er Menschen in braunen und schwarzen Uniformen nicht liebte. Und schließlich erfuhren wir dann auch noch, dass Großbritannien gegen Deutschland kämpfte. Täschchen und ich waren darüber natürlich sehr besorgt, schließlich waren wir in unseren Herzen immer Engländer geblieben. Wessen Feind waren wir denn nun eigentlich? Aber silberne Abendtaschen und Zylinderhüte kämpfen nicht an Fronten und in Schlachten und so blieb für uns zunächst alles beim Alten. Unser Hausherr war schon über 60 und wurde nicht eingezogen, aber von seinem Trenchcoat erfuhren wir, dass sich seine beiden Söhne an der Front befanden. Auch hörten wir, dass die Deutschen große Siege errangen. Als sie Paris einnahmen, jammerte und klagte die aus einem Modehaus in Paris stammende französische Federboa von Frau Walddorf. Wir anderen schwiegen taktvoll, schien es zunächst doch so, als ob die Deutschen den Krieg gewinnen würden. Doch schon bald darauf drehte sich der Wind und zunehmend wurden wir in Berlin nachts durch Bombenalarm aufgeschreckt. Das war manchmal ein Krachen und Heulen, da konnte man wirklich das Fürchten lernen. Und eines Tages dann wurde Täschchen von Frau Walddorf ausquartiert, wohl weil sie aus echtem Silber war. Alles ging so schnell, dass wir uns nicht einmal verabschieden konnten. Da die Schranktüre offen blieb, sah ich, wie sie zusammen mit dem Silberbesteck, der Schmuckschatulle und einigen Papieren in einem großen Koffer verschwand. Wir im Schrank erfuhren später, dass dieser Koffer bei Bombenalarm stets mit in den Luftschutzkeller genommen wurde. Das war mir ein kleiner Trost, hoffte ich doch, dass Täschchen auf diese Art wenigstens in Sicherheit sein würde. Trotzdem war mir schrecklich weh zumute. Ich fühlte mich einsam wie nie zuvor. Ich habe sie nie wieder gesehen, aber ich werde sie niemals vergessen. Noch heute sehe ich sie ganz deutlich vor mir, so klein und zierlich, silbern glänzend und so anmutig! Könnte ein Zylinder weinen, was hätte ich für Tränen um sie vergossen.

Doch zurück zu meinem Bericht. Tief verletzt zog ich mich in eine Traumwelt zurück. Ich erinnerte mich an die goldenen Tage meiner Jugend. Ach, ich war doch noch gar nicht alt und dennoch schien mir, dass jetzt wirklich alles vorüber war. Noch mehr Schicksalsschläge konnte doch das Leben für einen Zylinderhut nicht in petto haben. Doch ich sollte mich täuschen. Im Dezember 1944 wurde unser Haus von Bomben getroffen. Just an diesem Abend hatte Herr Walddorf mich aus dem Schrank geholt. Versonnen strich er über mich und betrachtete mich lange und, wie mir schien, wehmütig. Ob er wohl an bessere Zeiten dachte? Ich glaube, er liebte sein Vaterland, war aber trotzdem zugleich auch ein Freund Englands und ein Freund aller Völker. Gerade als er so dasaß und mich anschaute, heulten wieder die Sirenen. Herr Walddorf rief nach seiner Frau und stürzte davon. Ich blieb auf der großen Kommode liegen und danach geschah alles sehr schnell. Es tat einen ungeheuren Schlag und plötzlich war da ein Loch in der Mauer vor mir. Ich wurde hochgetragen und hinaus gerissen, an mehr kann ich mich nicht erinnern. Als ich wieder zu mir kam, lag ich in einem Trümmerhaufen, der mich halb bedeckte. Unweit von mir brannte es lichterloh und ich verging fast vor Angst, dass auch ich Feuer fangen könne. Doch während alles um mich herum zu Staub und Asche wurde, blieb ich wie durch ein Wunder verschont. Da musste ich an die Kirchen denken, in denen ich mit meinen Besitzern anlässlich verschiedener Festlichkeiten gegangen war. Ich blickte nach oben und dankte Gott.

Und ich bin mir ganz sicher, dass sich auch ein Zylinderhut an ihn wenden darf.


Lange, lange lag ich zwischen den Trümmern. Es regnete, es schneite, die Sonne schien, Menschen kamen und gingen. Und irgendwann war der Krieg dann endlich aus. Berlin war ein Trümmerfeld. Steine lagen auf mir, ich fühlte mich schlecht – und bestimmt sah ich auch so aus. Monate vergingen, die Walddorfs sah ich nicht wieder. Ich dachte an Täschchen, mein Täschchen! War sie noch in der Obhut der Walddorfs? Ging es ihnen allen gut oder …? Ich wagte nicht, diese Frage zu Ende zu denken. Dann, an einem Abend, zerrten mich zwei Soldaten, die ich anhand ihrer Sprache als Amerikaner erkannte, unter dem Schutt hervor. Sie betrachteten mich, grinsten und warfen mich danach zur Seite. So weit war es also mit mir gekommen. Man warf mich weg wie Abfall. Ich fühlte mich erbärmlich, elend und so allein. Niemand möchte wertlos sein. Viele Leute streiften durch die Trümmer, sie holten Holz und lasen manchen Gegenstand auf. Doch an mir schritten alle achtlos vorbei. Als ich damals erkannte, dass mich offensichtlich niemand brauchen konnte, war das sehr, sehr schmerzlich für mich.

Aber dann, endlich, endlich fand auch ich wieder ein Heim. Es waren Kinder, sie hoben mich auf und riefen: „Ein Zylinder, ein richtiger Zylinderhut!" Wie sie sich freuten und in die Hände klatschten und durchgefroren bis in jede Faser meines Stoffes wurde mir plötzlich ganz warm. Sie nahmen mich mit und brachten mich in eine bescheidene, kleine Wohnung. Dort wohnte Frau Feldner mit ihren drei Kindern. Nirgends, nicht einmal auf dem Kopfe meines unvergessenen Lord Jonathans, habe ich mich je wohler gefühlt. Mutter Feldner bürstete mich aus und richtete mich ein wenig her, was auch bitter nötig war. Trotzdem war ich erschrocken, als ich mich danach zum ersten Mal wieder in einem Spiegel sah. Wo war der Glanz, die Pracht der vergangenen Jahre. Aber alles hat wohl seinen Sinn. Und immerhin, Manfred, Ralph und Peter spielten fast jeden Tag mit mir. Was konnten sie durch mich nicht alles werden, Zauberer, feine Herren, Bräutigame und hohe Staatsbeamte. Sie reisten mit mir in die Vergangenheit und wurden so zu meiner Zukunft.

Die Jahre vergingen und die Kinder waren eigentlich keine mehr. Sie hörten eine seltsame Musik, die sie Rock 'n Roll nannten und hüpften dazu auf äußerst merkwürdige Weise herum. An Fasching holte mich manchmal einer der drei herunter und dann ging es auf lärmende Feste, die nichts mehr gemeinsam hatten mit den Bällen meiner Jugend. Irgendwann hatten sie dann überhaupt kein Interesse mehr an mir. Und dennoch, ich lag oben auf dem Schrank und war einfach nur glücklich, sie zu sehen und

dabei zu sein. Rückblickend erscheint es mir, als ob sie
dann alle auf einmal gingen. Aber so war es wohl nicht. Sie
heirateten, zogen in andere Städte oder hatten einfach nur
wenig Zeit, ihre Mutter zu besuchen. An mich dachten sie
gar nicht mehr. Ich blieb weiterhin oben auf dem Schrank.
Und alt und müde geworden, war ich zufrieden, einfach
nur dazuliegen und nachzudenken und die Sonne durchs
Fenster scheinen zu sehen. Über Jahrzehnte war diese kleine
Wohnung mein Zuhause. Dann starb Mutter Feldner hoch-
betagt. Zum Schluss war sie schon recht klapprig gewesen, aber nie hatte sie es versäumt mich einmal im Monat
auszubürsten. Wir hatten viele gemeinsame Erinnerungen
an Kinderlachen und Kinderspiele. Noch heute werde ich
sehr traurig, wenn ich daran denke, wie Manfred, Ralph und
Peter kamen, um die Wohnung auszuräumen. Über manche
Dinge gerieten sie sogar in Streit. Mich packten sie zusammen mit vielen anderen Sachen in einen großen Pappkar-
ton. Uns wollte keiner. Aber schließlich nahm Ralph uns
dann doch eher widerwillig mit in sein großes und schönes
Haus. Wir kamen in den Keller und fristeten unser küm-
merliches Dasein in totaler Dunkelheit. Eines Tages kam
ein schlaksiger etwa 19-Jähriger, der sich als Ralphs Sohn
entpuppte, in unsere Dämmerwelt und wühlte sich durch
alle Schachteln. Als er den Karton, in dem ich mich befand,
wieder schloss, hörte ich, wie er enttäuscht murmelte: „Lauter wertloser, alter Plunder!“ Nach diesem vernichtenden
Urteil herrschte im Karton Verzweiflung. Um die anderen
Sachen zu trösten, erzählte ich ihnen Geschichten aus mei-

ner Vergangenheit. Die Kaffeekanne mit dem Sprung, der alte Topf, das blaue Sparschwein und überhaupt alle meine Leidensgefährten hörten mir gerne zu. Und auch mir half es und manchmal schien es mir sogar, als vernähme ich wieder Walzerklänge, Orgelmusik und Kinderlachen. Doch tatsächlich war um uns immer nur eine große Stille.

Und heute, heute sehen Sie mich hier auf dem Flohmarkt, zusammen mit den anderen aus dem Karton. Hinter uns steht Ralphs Sohn mit seiner Freundin, die ihn überredet hat, den Versuch zu machen, uns hier zu verkaufen. Sie hat ein Schild aufgebaut, auf dem steht: „Jeder Artikel nur 1 Euro!" Und ich höre, wie er zu ihr sagt: „Alles, was ich bis heute Abend nicht loswerde, schmeiße ich weg. Für Ebay taugt der Plunder nicht." Und so wünsche ich mir wirklich sehr, dass mich jemand mitnimmt. Vielleicht sogar jemand, der mich liebhaben wird. Wer endet schon gerne im Mülleimer. Sehen Sie mich an, ich bin zwar nicht mehr taufrisch, aber zum alten Eisen gehöre ich noch lange nicht! Bleiben Sie stehen, hören Sie, was ich Ihnen zu sagen habe! Bitte, hören Sie mir zu! Mein Name ist Zylinder, ich bin ein Hut.

„Drücke nicht so, Mann,
tief ins Gesicht den Hut!
Lass deinen Schmerz
in Worten aus;
denn Kummer, der nicht spricht,
der schreit nach innen,
bis das Herz zerbricht."

William Shakespeare

# VIII

## Die Zeit des dichten Nebels

# Die Schattendynastie

Hell und Dunkel wechseln sich in jedem Menschenleben ab. Und letztlich ist das auch gut so. Denn wer wollte schon immer nur in der prallen Sonne stehen. Spätestens an einem wirklich heißen Sommertag will doch jeder von uns ein schattiges Plätzchen finden. Umso verwunderlicher ist es daher, dass die meisten Menschen so große Angst vor dem Schatten haben, der in ihnen selbst zuhause ist. Doch eines solltet ihr wissen, nur wem es gelingt, sich mit diesem inneren Schatten auszusöhnen, wird den so heiß ersehnten inneren Frieden finden.

Aber was genau ist der Schatten in uns denn nun eigentlich? Wenn ihr das Ganze wissenschaftlich betrachten wollt, dann könnt ihr euch an die Erklärung der Tiefenpsychologie halten. Diese nennt den Teil in uns Schatten, der aus den teils verdrängten, teils wenig oder gar nicht gelebten psychischen Zügen des Menschen, die von Anfang an aus moralischen, sozialen, erzieherischen oder sonstigen Gründen weitgehend vom Mitleben ausgeschlossen wurden und darum der Verdrängung beziehungsweise Abspaltung anheimfielen, besteht. Im Schatten, so die Psychologie, verbirgt sich alles Unbewusste, vor allem das Persönliche, aber auch Vieles, das aus dem kollektiven Unbewussten der ganzen Menschheit mit hineinfließt.

Lässt sich der Schatten dadurch wirklich greifen? Sind Schatten nicht doch vielmehr in der Welt der Kunst und der

Literatur, in den Märchen, Mythen und Träumen zuhause? Entscheidet für euch selbst! Doch bevor ihr das tut, lasst mich euch eine Geschichte erzählen, die Geschichte der Schattendynastie und wie alles anfing:

Es gab eine Zeit vor aller Zeit, die so lange währte, dass wir Menschen auch heute noch weder einen Begriff dafür, noch einen Begriff davon haben. Aus der Zeit wurden Zeitalter und aus den Zeitaltern entstanden Ewigkeiten. Und irgendwann in diesen Ewigkeiten erschuf Gott das Universum aus den hellen und den dunklen Gedanken seines Geistes, die zu Worten und dann zu Taten wurden. Die hellen Gedanken manifestierten sich als Licht, die dunklen als Finsternis. Dann vereinten sich die hellen Gedanken mit dem Licht und brachten die Engel hervor. Die dunklen Gedanken und die Finsternis vereinten sich ebenfalls und so entstanden die Dämonen. Und weil Gottes Geist in ihnen allen lebte, war jeder von ihnen ein Teil des Ganzen und Gott erkannte sie alle als seine Kinder an. Und so entstand die Liebe. Doch die Liebe tut sich schwer damit, nur Geist zu sein, und so schenkte Gott allen Wesenheiten die Seelen. Nun konnten sie nicht nur denken, sondern auch fühlen. Und es war diese Mischung, die dazu führte, dass sich die Engel von der Finsternis zugleich angezogen und abgestoßen fühlten. Die Dämonen wiederum sehnten sich nach dem Licht, scheuten es aber auch. Dennoch wagten mutige Vertreter beider Seiten schon bald darauf den Schritt ins Unbekannte. Doch sobald diese unternehmungslustigen Engel in der Finsternis weilten, vermissten sie das heimatliche Licht und die neugie-

rigen Dämonen suchten auch im Licht stets nach der ihnen
vertrauten Dunkelheit. Lange begegneten sie einander
nicht. Doch irgendwann geschah das Unvermeidliche und
ein mächtiger Engel und ein starker Dämon standen sich
plötzlich irgendwo im Grenzgebiet zwischen dem unend-
lichen Licht und der unvergänglichen Dunkelheit gegenüber. Staunend, fasziniert und geradezu überwältigt von der
jeweils als so fremd empfundenen Schönheit des anderen,
starrten sie einander lange an. Tage, Wochen, Monate und
Jahre vergingen, doch für diese beiden, die die Zeit als solche noch gar nicht kannten, stand sie dennoch still. Und
während sie einander unverwandt anschauten, begannen in
ihrem Inneren der Verstand, gesteuert vom Geist, und die
Gefühle, bestimmt von der Seele, miteinander zu ringen.
Doch weil die Liebe sich dazugesellte, gewannen die Seelen, und so entstand das Glück. Von nun an streiften sie
gemeinsam durch die Helligkeit und die Dunkelheit. Und
weil eines selbst Licht und das andere selbst Dunkelheit
war, hinterließen sie überall ihre Spuren. Sie sehnten sich so
sehr nach Einigkeit, blieben aber dennoch stets zwei – und
so entstand der Schmerz. Gott sah, dass der Engel voller
Hingabe war und der Dämon von einem gewaltigen Begeh-
ren erfüllt wurde. Und weil er Mitleid für seine Geschöpfe
empfand, erlaubte er ihnen, sich mit Geist und Seele, Glück
und Schmerz und vor allem mit der Liebe zu vereinen. Und
als sie sich so inniglich umschlungen, entstanden aus dem
Licht und der Finsternis gänzlich neue Wesen, die Schatten
genannt wurden. Als solche schwebten diese von da an kör-

perlos und oftmals recht verloren durch die Grenzgefilde. Und wieder verging die Zeit, die noch nicht wirklich war und Äonen reihten sich aneinander, bis schließlich ein weiteres Wesen in die sich ständig verändernden Welten kam. Der Mensch! Dieses stoffliche Wesen, das außer Geist und Seele auch noch aus Materie bestand und einen Körper sein eigen nannte. Da meldeten sich die schon so lange nur vor sich hintreibenden Schatten bei Gott und baten darum, auch zu Materie zu werden. Doch Gott hatte einen anderen Plan, denn die Schatten hatten ja eine ganz andere Abstammung als die Menschen, die aus dem auf der Erde entstandenen, lebensschaffenden Prozessen hervorgegangen waren. Und so bekamen die Schatten eine Aufgabe und ihr bekamt eure Schatten. Ihr kennt sie ja alle. Doch damit sind nicht nur die Schatten, denen ihr im Äußeren bei den richtigen Lichtverhältnissen als Silhouette eures stofflichen, körperlichen Seins begegnet, gemeint. Die wahren Abkömmlinge der Schattendynastie wohnen als so viel mehr als nur eine Reflektion in eurem Inneren. Denn angefüllt mit Licht und Dunkelheit existieren sie in den Tiefen eures Selbst. Und da werden sie auch für immer sein.

Im Dämmerzustand zwischen Wachen und Schlafen steigen sie manchmal an die Oberfläche, denn sie sind und bleiben Grenzwesen. Ihr kennt sie aus Träumen und Fantasien und begegnet ihnen in Erinnerungen und Wünschen. Sie verkleiden sich und tragen alle Arten von Masken. Und meist werdet ihr hin- und hergerissen sein zwischen der Ablehnung und dem immer wiederkehrenden Bedürfnis, diese Schatten zu greifen. Doch dann, ja genau dann, denkt daran, wie diese Schattendynastie entstand, und sicherlich werdet ihr diese Schatten dann nicht länger fürchten, sondern stattdessen euer Herz für sie öffnen. Dann könnt ihr euren eigenen Schatten, der unwiderruflich ein Teil von euch ist, ganz und gar annehmen, ihn umarmen und dadurch wirklich frei sein.

*„Eines Schattens Traum
sind Menschen."*

Pindar

# IX

# Die Zeit des frühen Frosts

# Liebe heute

Ein Netz ist eine Art von Gewebe, das aus vielen verschiedenen Fäden besteht. Es gibt neuronale Netze, Telefonnetze, Verkehrsnetze, Kommunikationsnetze und natürlich das Netz der Netze – das Internet. Fakt ist, wir leben alle in einer total vernetzten Welt. Und so verwundert es nicht weiter, dass in all diesen Gebilden zahlreiche Fäden nicht nur parallel zueinander verlaufen, sondern sich hin und wieder auch kreuzen. Und das natürlich auch, wenn es um das große, emotionale Gefühl geht, das wir Liebe nennen.

Der Samstagmorgen ist für all jene, die nach einer Fünf-Tage-Woche an diesem Tag nicht arbeiten müssen und somit ein zweitägiges Wochenende vor sich haben, etwas Besonderes. Statt fremdbestimmtem Alltag können sie nun individuell entscheiden, wie sie den Tag zu verbringen wünschen. Und so schlafen die einen aus und haben ihre Freude am Nichtstun. Die anderen rennen los, kaufen die Lebensmittel für die Woche ein, putzen die Wohnung und räumen auf. Wieder andere widmen sich dem für sie vergnüglichen Bummel durch rappelvolle Shopping-Center mit zahlreichen, unterschiedlichen Läden oder durch prall gefüllte Einkaufsstraßen, in denen Menschenmassen laut und aufgeregt auf der Suche nach den neuesten Trends, den besten Schnäppchen oder den nächsten Fressbuden den konsumfreudigen Samstag zelebrieren. Und nochmals andere machen es sich zuhause gemütlich, widmen sich der persönlichen Wellness, in dem sie sich statt der typischen, eiligen Wochentags-Dusche genüsslich ein geradezu traditionelles Samstags-Vollbad genehmigen und sich mit Body Peelings, entspannenden Gesichtsmasken und Enthaarungscremes von gestressten Arbeitskräften in strahlende und ausgeruhte Wochenend-Schönheiten verwandeln. Und fast alle freuen sich ganz besonders auf den Abend, an dem sie die Nacht zum Tag machen können, weil sie am Tag danach, also dem Sonntag, nochmal die Freiheit haben, den Tag nach ihren Vorstellungen zu gestalten.

Beobachten wir nun gemeinsam an einem dieser so voller Erwartungen, Hoffnungen und Sehnsüchten prallen Samstage vier Frauen und ihre Erfahrungen mit der Liebe:

Als die 28-jährige Serafina am Morgen gegen elf Uhr aufwachte, räkelte und streckte sie sich genießerisch und in aller Ruhe. Was für ein Luxus, noch im Bett zu bleiben und sich – frisch verliebt – rosaroten Tagträumen hingeben zu können. „Das Leben ist schön", sagte sie laut, als sie eine halbe Stunde später beim Zähneputzen freudig ihrem Spiegelbild zulächelte. Am Abend würde sie eine Verabredung mit dem Traummann schlechthin haben. Was mehr konnte ein Samstag bieten?!

Währenddessen war ihre beste Freundin Lilli gerade leicht verkatert am Frühstücken und checkte zugleich die Nachrichten auf ihrem Smartphone. Immer noch trudelten bei den diversen sozialen Netzwerken Posts und PNs mit nachträglichen Glückwünschen und mehr oder minder intelligenten Sprüchen zu ihrem gestrigen 30. Geburtstag ein, den sie zunächst mit ihren Mädels, sprich ihren Freundinnen Serafina, Luise und Alma, ausgiebig in ihrer Lieblingskneipe gefeiert hatte. Später dann hatte sie in feuchtfröhlicher Stimmung über Tinder Frank kennengelernt, der ihr von seinem Profil her auf Anhieb wahnsinnig gut gefallen hatte und mit dem sie sich, nach einem herzlichen Abschied von ihren Mädels, nach einem kurzen Chat in einem anderen Lokal in der Gegend getroffen hatte. Und schließlich landete die reichlich beschwipste Lilli in Franks in der Nähe liegender Wohnung und in seinem Bett. Die Nacht endete gegen sechs Uhr mit Lillis Aufbruch, weil Frank ihr bedauernd mitteilte, in knapp zwei Stunden zum Volleyballtraining zu müssen. Die beiden hatten sich lange und zärtlich zum Abschied geküsst und gegenseitig versprochen, sich im Laufe des Tages via WhatsApp zu einem neuen Treffen zu verabreden. Und nun trudelten zwar jede Menge Nachrichten ein, allerdings auch wieder nur verspätete Geburtstagsgrüße in Form von animierten Bildchen und zig Smileys. „Ist ja nun langsam echt gut", murmelte Lilli und ärgerte sich ein kleines bisschen, dass darunter noch keine Nachricht von Frank war.

Zur gleichen Zeit schob eine andere Freundin, nämlich die 35 Jahre alte Luise, einen riesigen Einkaufswagen durch die an Samstagen stets und in der Vorweihnachtszeit ganz besonders mit Menschen vollgestopften Gänge eines Supermarkts. Ihre vier Jahre alte Tochter saß strahlend auf den Schultern ihres Vaters und rief mit kräftiger Stimme immer wieder: „Hü!" und dann wieder: „Hott!" Luise warf ihrem Mann einen Blick zu. Maximilian grinste sie an, wobei er es irgendwie schaffte, dabei zugleich charmant und dämlich auszusehen. Luise zupfte unbewusst an einer kastanienbraunen Locke ihres modischen und praktischen Kurzhaarschnitts, seufzte und fischte aus dem Regal, vor dem sie gerade stand, drei riesige Packungen Cornflakes – selbstverständlich ohne Zucker.

Luises ältere Schwester, die 41 Jahre alte Alma, saß da gerade beim Friseur und schaute sich zufrieden im Spiegel an. Ihre kinnlange, modische Bob-Frisur war nicht länger blond gefärbt, sondern leuchtete nun in einem satten Kupferrot. „Sieht wirklich gut aus!", sagte sie zu der hinter ihr stehenden Friseuse. Diese nickte bestätigend: „Ja, ein reizvoller Kontrast zu Ihren grünen Augen." Alma drückte ihr ein stattliches Trinkgeld in die Hand: „Eine neue Frisur für einen neuen Lebensabschnitt. Seit zwei Wochen bin ich glücklich geschieden." Zufrieden verließ Alma den Friseursalon und machte noch schnell ein Selfie von sich mit ihrer tollen, neuen Haarfarbe, bevor sie in ihr Auto stieg.

Der Tag schritt voran und jede der vier Frauen war mit ihrem eigenen Leben beschäftigt:

Serafina wusch ihre schulterlangen, dunklen Haare, rubbelte sie mit einem der von ihr so geliebten, pinkfarbenen Handtücher trocken und föhnte dann mit der Rundbürste geduldig Strähne für Strähne, bis ihre Haare in der gewünschten

Weise in sanften Wellen ihr Gesicht umrahmten. Anschließend probierte sie mit viel Ausdauer den ganzen Nachmittag zahlreiche, verschiedene Outfits an. Schließlich wollte sie bei ihrem abendlichen Date so richtig super und umwerfend aussehen.

Lilli, die als am Schalter arbeitende Bankkauffrau unter der Woche stets perfekt gestylt sein musste, saß in ihrer fürs Wochenende reservierten, heißgeliebten, dunkelblauen Schlabberhose und einem extraweiten, grauen Sweatshirt mit dem Handy auf ihrer leuchtend orangen Couch. Aus der Anlage dröhnte lauter Rap. Lilli verzog das Gesicht und schaltete mit der Fernbedienung einen anderen Radiosender ein, aus dem ein deutlich angenehmerer Sound kam. Ihre langen, blonden Haare hatte sie zu einem Pferdeschwanz gebunden, an dessen Ende sie herum kaute. Ein seit ihrer Kindheit klares Indiz für Nervosität. Ein ausdrucksvolles Gesicht mit lachenden, dunkelbraunen Augen und sinnlichen Lippen stieg vor ihr auf. Frank! Stunde um Stunde wartete sie nun schon vergebens auf eine Rückmeldung von ihm, und das obwohl sie im Laufe des Tages bereits mehrere Nachrichten an ihn geschickt hatte.

Auch Luise hatte nicht den besten aller Nachmittage. Nachdem sie viel später als angenommen vom Supermarkt heimkehrten, hatte sie der Einfachheit halber als Mittagessen für Mann, Kind und sich selbst eine fettige Familien-Pizza vom Lieferdienst bestellt. Während sie die noch nasse Wäsche in den wenig umweltfreundlichen Trockner verfrachtete, plagte sie sich daher mit einem doppelt schlechten Gewissen herum. Das nasskalte Wetter erlaubte es ihr nicht, die Wäsche auf den kleinen, nicht überdachten Balkon zu stellen und der Junkfood-Lunch verstieß eigentlich komplett gegen ihre Prinzipien in Bezug auf eine gesunde Ernährung. Und so prallten ihre miese Laune und Maximilians Weigerung, sein stundenlanges Spielen auf dem Handy einzustellen, zusammen und verursachten mal wieder einen völlig unnötigen Streit. Luise warf ihrem gleichaltrigen Mann vor, sein kindisches Vergnügen an Zombie-Spielen zeige mal wieder, dass er den Reifegrad und das Verantwortungsbewusstsein eines 15-jährigen Teenagers habe. Maximilian wiederum bezichtigte Luise, stets etwas zu suchen, was sie an ihm aussetzen und ihm vorwerfen könne, und das Ganze endete damit, dass er sich wütend die Autoschlüssel schnappte und die Wohnung verließ. Somit blieb es an Luise hängen, sein Versprechen, mit Melanie Memory zu spielen, ersatzweise einzulösen. Verärgert saß sie in dem in hellrosa und weiß gehaltenen Prinzessinnen-Kinderzimmer und bemühte sich vergeblich, sich auf das Spiel zu konzentrieren.

Alma hatte sich nach dem Friseurbesuch in einem angesagten Café in der Innenstadt eine kleine Mahlzeit und diverse Latte Macchiatos gegönnt. Schließlich wollte sie ihr neues Haarstyling zur Schau stellen und nicht wie sonst oft alleine zuhause auf der Couch sitzen und irgendwelche Serien über das Leben fiktiver Personen anschauen. Doch nach fast zwei eher langweiligen Stunden, schickte sie sich etwas enttäuscht an, das Café zu verlassen. An der zugleich als Ein- und Ausgang dienenden Glastür wäre sie dann um ein Haar mit einem jungen Typen zusammengeprallt, der sich wortreich bei ihr für sein stürmisches Eintreten und den Beinahe-Zusammenstoß entschuldigte. Dabei himmelte er sie so offensichtlich an, dass Alma sich ein amüsiertes Grinsen nicht verkneifen konnte. Mehr hatte der Kerl offensichtlich nicht gebraucht, denn nun strahlte er sie treuherzig an und sagte: „Ich heiße Sascha, du wunderschöne Frau. Und ich glaube, heute ist mein Glückstag. Vor allem, wenn du mir deine Nummer gibst und ich dich ganz bald zum Essen ausführen kann." Alma lächelte geschmeichelt, sagte aber: „Nun, Sascha, ich bin bestimmt alt genug, um deine Mutter zu sein." Empört riss der seine himmelblauen Augen auf und rief: „Quatsch! Ich bin 22 und du kannst doch allerhöchstens Anfang 30 sein." Almas inneres Stimmungsbarometer machte einen steilen Sprung nach oben, dennoch sagte sie tapfer: „Junge, ich bin 41."

„Und ich bin der Papst", antwortete Sascha schlagfertig und fügte dann hinzu: „Du willst mich nur abwimmeln." So plänkelten sie noch eine Weile miteinander, bis eine Gruppe von Frauen ins Lokal hinein wollte und durch die beiden in der Tür Stehenden davon abgehalten wurde. „Ehm, können Sie woanders miteinander schäkern?", sagte eine der Frauen. „Wir würden hier gerne rein." Alma errötete leicht und trat mit einem: „Also dann, tschüss!" an Sascha vorbei und durch die Tür ins Freie. Doch der folgte ihr nach draußen, berührte sie leicht am Arm und sagte: „Hey, bitte lass mich hier nicht einfach so stehen! Ich würde dich wirklich wahnsinnig gerne besser kennenlernen." Und nach kurzem Zögern gab ihm Alma dann schließlich tatsächlich ihre Handynummer. Sascha begleitete sie lächelnd zu ihrem Auto und warf ihr beim Davonfahren noch eine Kusshand zu. Und so fuhr Alma in Hochstimmung und mit reichlich laut aufgedrehtem Autoradio nach Hause.

Der Nachmittag ging vorbei und die um diese Jahreszeit frühe Dämmerung, die schon bald darauf in Dunkelheit übergehen würde, kündigte den herannahenden Abend und die für alle nach Liebe Suchenden so wichtige Samstagnacht an.

Natürlich war es bereits ganz dunkel draußen, als Maximilian kurz nach 19.00 Uhr das Kinderzimmer betrat, in dem er seine Frau am Bett der Tochter sitzend antraf. Luise hielt ein Märchenbuch in der Hand und las Melanie eine Geschichte vor. Als Maximilian hereinkam, setzte sich die noch reichlich wach wirkende Kleine im Bett auf: „Wo warst du denn, Papa?", fragte sie vorwurfsvoll. „Du hast versprochen, mit mir Memory zu spielen, und mit Mama hat es gar keinen Spaß gemacht, weil die sich gar nichts merken kann." Maximilian setzte ein schuldbewusstes Grinsen auf: „Ja, tut mir leid", sagte er. „Soll ich dir jetzt die Gute-Nacht-Geschichte weiter vorlesen?" Melanie nickte eifrig: „Au ja!" Ohne ihn anzuschauen, dafür aber mit einem leicht vorwurfsvollen Blick zu ihrer so rasch die Fronten wechselnden Tochter, stand Luise auf und hielt ihm das Buch hin. Maximilian beugte sich zu ihr herunter und küsste sie auf die Stirn, dabei murmelte er leise: „Sorry Schatz, ich war ein Idiot, aber ich musste ’runterkommen. Ich bin mit dem Auto eine Weile herumgefahren, aber immerhin habe ich dann noch das Altpapier aus der Garage geholt und weggebracht.“

Luise warf ihm einen kurzen Blick zu: „Super!“, sagte sie. „Dann ist ja jetzt alles wieder gut.“

Falls Maximilian ihr ironischer Unterton aufgefallen war, so ließ er es sich nicht anmerken. „Wollen wir uns nachher zusammen einen Film anschauen? Auf einem der Sender kommt eine neue Marvel Comics Verfilmung, die wir noch nicht gesehen haben. Ich mach uns Popcorn und wir können auch ein gutes Glas Wein dazu trinken. Wir haben ja noch den edlen Tropfen, den dein Vater uns neulich mitgebracht hat.“

Luise atmete tief durch und lenkte nach kurzem Zögern ein: „Ja, okay.“ Schließlich war sie ja selbst aufgrund ihrer schlechten Laune auch nicht ganz unschuldig an dem Streit gewesen. Während Maximilian mit Melanie beschäftigt war, rief sie kurz ihre Schwester Alma an. Doch zuhause erreichte sie Alma nicht und auf dem Handy schaltete sich auch nur die Mailbox ein. „Schade!“, dachte Luise. Sie war nämlich aufgrund der SMS, die ihre Schwester ihr geschickt hatte, richtig neugierig geworden, konnte aber erst jetzt, da Maximilian sich endlich um Melanie kümmerte, zurückrufen.

Nun ja, spätestens morgen würde sie wohl mehr erfahren. In der SMS hatte nämlich gestanden: „Habe heute Nachmittag jemand kennengelernt. Hat mich vorhin angerufen. Ich gehe nachher mit ihm aus. Wünsche mir viel Spaß!"

Etwa eine Stunde später saß Luise dann zusammen mit Maximilian auf der Couch. Sie knabberten Popcorn, schlürften den Wein und verfolgten in scheinbar bestem Einvernehmen die in Überlänge verfilmten und durch zahlreiche Werbeblöcke häufig unterbrochenen Abenteuer der von bekannten Hollywood-Schauspielern dargestellten Marvel-Superhelden. Der Film war kurz nach 23.00 Uhr zu Ende. Maximilian stand auf, gähnte heftig und fragte Luise: „Wollen wir ins Bett gehen? Ich bin platt. Die letzte Woche war anstrengend und steckt mir noch in den Knochen. Und die beiden Gläser Rotwein haben mich vollends müde gemacht." Luise stand ebenfalls auf, gab ihrem Mann einen Kuss und sagte: „Geh du schon mal vor. Ich bin noch nicht so müde und werde noch eine Weile hier im Wohnzimmer lesen."

Maximilian nahm sie in seine Arme und drückte sie: „Okay, Schatz. Ich bin froh, dass zwischen uns alles wieder in Ordnung ist." Danach schlurfte er ins Bad und schon bald darauf hörte sie ihn ins Schlafzimmer tappen.

Luise hatte sich ihr Tablet geholt. Gestern hatte sie sich den neuen Roman einer ihrer Lieblingsautorinnen als E-Book heruntergeladen. Doch sie öffnete nicht den Reader. In den letzten drei Monaten hatte sie sich online mit einem netten Kerl namens Sascha angefreundet, der ebenfalls hier in ihrer Stadt wohnte. Und seit einiger Zeit freute sie sich zunehmend auf die abendlichen Chats mit dem gutaussehenden, klugen Typen, die sich so langsam in Flirts verwandelt hatten – und das, obwohl er ihr mit seinen 22 eigentlich schon aus Prinzip viel zu jung war. Aber vielleicht sollte sie sich ja tatsächlich irgendwann mal ganz unverbindlich mit diesem Sascha auf einen Kaffee treffen, wie er bereits mehrfach vorgeschlagen hatte. Das wäre doch mal eine nette Abwechslung, um aus dem Alltagstrott herauszukommen. Wieso sollte sie deswegen ein schlechtes Gewissen Maximilian gegenüber haben?! Sie hatte ja nicht vor, mit Sascha in die Kiste zu hüpfen. Aber so ein kleiner Flirt würde doch ein wenig Würze ins Leben bringen. Entschlossen, mutig zu sein und ein Treffen mit Sascha zu vereinbaren, stellte sie erfreut fest, dass er ihr eine PN geschickt hatte. Lächelnd klickte sie die Nachricht an. Da stand: „Hallo Luise, wollte mich nur kurz von dir verabschieden. Ich habe heute eine wahnsinnig tolle Frau kennengelernt, mit der ich nun gerade bei einem späten Abendessen sitze. Sie ist eben mal kurz auf die Toilette gegangen und deswegen nutze ich die Gelegenheit, dir zu schreiben, weil mir mit jeder Minute, die ich mit ihr verbringe, klarer wird, dass es mich voll erwischt hat. Es kommt mir daher nicht richtig vor, weiter mit dir zu chatten. Und du bist ja schließlich verheiratet und willst dich ja sowieso nicht mit mir treffen. Sei also nicht sauer, dass ich dich jetzt lösche! Übrigens, Alma ist auch deutlich älter als ich, aber im Gegensatz zu dir spielt das für sie anscheinend keine so große Rolle. Hab’ ein schönes Leben! Ciao, Sascha.“

Lilli wachte da gerade mit leicht steifem Nacken auf. Sie setzte sich auf und blickte verwirrt um sich. Draußen war es dunkel. Beim Warten auf eine Nachricht von Frank musste sie auf der Couch eingeschlafen sein. Ein Blick auf das Display ihres Handys verriet ihr zum einen, dass er ihr immer noch nicht geantwortet hatte, und zum anderen, dass es schon 23 Uhr war. Sie musste also mehrere Stunden geschlafen haben. Eigentlich kein Wunder nach der Nacht gestern.

Mit einem schalen Geschmack im Mund schaltete Lilli die Musikanlage aus. Sie ging in die Küche, holte sich ein Glas Apfelsaft und setzte sich damit wieder auf die Couch. Und immer noch keine Nachricht von Frank. Lilli spürte, wie ein leichtes Panikgefühl in ihr aufstieg. Noch einmal schickte sie ihm über WhatsApp eine Nachricht: „Wieso meldest du dich nicht?“ Dann schaltete sie den Fernseher ein und zappte eine Weile durch die Kanäle, doch auch das lenkte sie nicht wirklich ab. Die ganze Sache mit Frank entwickelte sich total mies und sie fühlte sich zunehmend elend, weil er sich einfach nicht meldete. Sicher, sie hatte letzte Nacht schon einen gehörigen Schwips gehabt, aber trotzdem war sie sich so sicher gewesen, dass Frank der Richtige für sie sein könnte. Sie hatte sich spontan in ihn verliebt. Sonst wäre sie mit dem Mann doch gar nicht erst im Bett gelandet. Während Lilli sich selbst zunehmend leid tat, flimmerten diverse Werbespots – von ihr weitestgehend unbeachtet – über den Bildschirm. Doch bei einem wurde sie aufmerksam. Da wurde für eine Lebensberatung per Telefon geworben: „Unsere Berater und Beraterinnen sind erfahrene Astrologen, Kartenleger und Hellseher. Sie sind rund um die Uhr für Sie erreichbar. Sie schauen für Sie in die Zukunft, hören sich Ihre Probleme und Sorgen an und stehen Ihnen nach besten Kräften mit Rat und Tat zur Seite."

Fasziniert starrte Lilli auf den Bildschirm. Dort wurden gerade die Fotos verschiedener Berater mit ihren Durchwahlnummern eingeblendet. Bei einem auf sie besonders sympathisch wirkenden Berater hielt Lilli mit der Time Shift Funktion das Fernsehbild an. Kurz entschlossen griff sie zum Telefon und wählte die im Spot angegebene Nummer sowie die Endzahl des Beraters. Nach dem zweiten Klingeln ertönte eine Frauenstimme, die sie auf der Line willkommen hieß und ihr mitteilte, dass das folgende Gespräch ab Zustandekommen der Verbindung 99 Cent pro Minute kosten würde und die Wartezeit bis dahin selbstverständlich kostenfrei sei. Lilli musste allerdings nur ein paar Sekunden warten, dann meldete sich der Berater mit Namen und fragte mit ausgesprochen angenehmer Telefonstimme, wie er ihr helfen könne. Lilli sagte ihm kurz ihren Vornamen und erzählte ihm dann vom vergangenen Abend und von Frank. Der Berater hörte aufmerksam zu und meinte dann: „Schauen wir mal in die Karten, was da genau los ist." Lilli musste nur kurz warten, dann sagte er: „Hm, dieser Mann liegt im Kartenbild leider nicht als besonders ehrlich da. Hinzu kommt, dass ich bei ihm noch andere Frauen sehe." Lilli atmete tief durch: „Er hat gesagt, er sei Single."

Der Berater meinte: „Das dürfte stimmen. Offiziell gebunden scheint er, dem Kartenbild nach, nicht zu sein. Ich denke aber, er hat Kontakte zu verschiedenen Frauen. Häufig auch auf dem Wege der elektronischen Kommunikation." Lilli hakte nach: „Ja, wird er sich dann demnächst dennoch bei mir melden?" Eine kurze Pause entstand, dann: „Es tut mir leid. Das sehe ich in den Karten nicht. Ich fürchte, dieser Kerl wird sich nicht mehr bei dir melden." Lilli seufzte: „Warum tun Männer so etwas?", fragte sie fast schon weinend. „Das ist doch echt gemein."

Der Berater tröstete sie und sagte dann: „Dieser Frank liegt hier im Kartenbild als unreif und egoistisch. Er ist vielleicht vom Alter her ein Mann, aber vom Charakter her ist er noch ein Junge. So wie du klingst und was die Karten über dich verraten, hast du Besseres verdient. Und das wirst du auch bekommen."

Natürlich wollte Lilli dazu Genaueres wissen und so sprachen sie noch etwa 15 weitere Minuten miteinander.

Und danach fühlte sich Lilli tatsächlich deutlich besser.


Kurz vor Mitternacht, saß Alma in einem netten, kleinen italienischen Restaurant immer noch Sascha gegenüber. Während des Essens hatten sie sich bestens unterhalten. Nun nippten beide schweigend und in stiller Übereinstimmung an ihren Espressos und lächelten einander zu. Alma fühlte sich richtig wohl. Der Abend tat ihr unendlich gut. Sie war froh, dass sie sich entschlossen hatte, Saschas Einladung anzunehmen. Als er sie am frühen Abend angerufen hatte, war sie angenehm überrascht gewesen, dass er sich tatsächlich und dann auch noch so schnell bei ihr gemeldet hatte. Sie hatten fast eine halbe Stunde miteinander telefoniert und schließlich erklärte sich Alma bereit, Sascha noch am gleichen Abend zu treffen. Als sie kurz nach 21.30 Uhr bei dem Restaurant, das er vorgeschlagen hatte und das sie bisher nur vom Vorbeifahren kannte, eintraf, stand er bereits vor der Tür und wartete auf sie. Gemeinsam betraten sie das Lokal. Sascha sagte seinen Nachnamen und sie wurden sofort zu dem von ihm reservierten Tisch gebracht, der sich in einer gemütlichen Nische befand. Während des Essens kam ein Rosenverkäufer in das überwiegend von Paaren besuchte Restaurant. Und Sascha hatte es sich nicht nehmen lassen, ihr eine wundervolle, allerdings deutlich überteuerte rote Rose zu schenken. Das fand sie rührend und romantisch. Und während Sascha bei dem von ihm herbeigerufenen Kellner noch zwei Gläser Rotwein für sie beide bestellte, lächelte sie vor sich hin. Was für ein schöner Abend. Der junge Mann hatte sich als intelligenter, einfühlsamer und exzellenter Gesprächspartner entpuppt. Der Altersunterschied hatte kein bisschen gestört. Es war lange her, dass sie sich so gut gefühlt hatte.

Und Serafina? Nun, als das Telefon an diesem Abend um zehn Minuten vor neun klingelte, stand sie gerade vor dem großen Spiegel in ihrem kleinen Flur. Sie war sehr zufrieden mit ihrem Styling und ihrem Outfit. Ein Blick auf das Display zeigte ihr, dass ihre Mutter die Anruferin war. Mit einem leichten Seufzer nahm sie das Gespräch an: „Hi Mom! Ich habe nur ganz wenig Zeit, ich bin gleich verabredet“, rief sie ins Telefon.

„Na fein, Schätzchen“, erwiderte ihre Mutter. „Das freut mich sehr. Ich habe bereits gestern Abend versucht, dich zu erreichen, aber da bist du nicht rangegangen.“

Serafina warf einen kurzen Blick auf ihre Armbanduhr und sagte: „Ja, da war ich mit den Mädels unterwegs. Gestern war Lillis 30. Geburtstag und den haben wir natürlich zusammen gefeiert.“

Serafinas Mutter meinte dazu: „Sehr gut, dass du abends mal rausgekommen bist. Und heute Abend gehst du auch aus? Mit wem denn? Jedenfalls bin ich sehr froh, dass du nicht mehr immer nur am Computer hängst.“

Serafina zögerte kurz und wählte dann sorgfältig ihre Worte: „Ich bin mit einem tollen Mann verabredet, den ich vor einigen Wochen kennengelernt habe. Alles Weitere erzähle ich dir ein andermal. Jetzt muss ich wirklich los. Tschüss Mama, ich melde mich ganz bald mal bei dir.“

Ohne ihrer Mutter Zeit für eine Antwort zu lassen, beendete sie das Gespräch. Dann zog sie rasch nochmal ihre Lippen nach und warf sich selbst einen langen Blick unter ihren mehrfach getuschten Wimpern zu. „Auf geht’s!“, sagte sie, schnappte sich ihr I-Pad und ging damit ins Wohnzimmer. Aufgeregt wartete sie, bis es Punkt 21.00 Uhr war, dann öffnete sie Skype. Gleich würde sie endlich live dem Mann in die Augen schauen, mit dem sie seit über zwei Wochen täglich gechattet hatte und von dem sie bisher nur die Fotos kannte, die auf seinem Facebook-Profil zu sehen waren. Als ihr ein eingehender Skype Call gezeigt wurde, nahm sie an und schaltete die Videoübertragung frei.

Und da saß er und grinste sie mit seinen lachenden, dunkelbraunen Augen und seinem sinnlichen Mund an: „Hi Süße! Du siehst ja noch sexyer aus, als auf deinen Fotos. Hatte gestern eine lange Nacht und war den ganzen Tag ziemlich müde. Aber bei deinem Anblick wacht alles an mir auf." Serafina errötete und sagte leise: „Hallo Frank!"

An dieser Stelle verlassen wir dieses winzige Teilstück des riesigen Netzwerks, in dem wir alle mehr oder minder als kleine und kleinste Elemente unterwegs sind. Manche sind auf Beutezug, andere verheddern sich in den Maschen dieses Netzes und wieder andere versuchen einfach nur, es so optimal wie möglich zu nutzen. Doch eines ist klar: Wenn wir von Liebe sprechen, reden wir immer auch von Hoffnung und Sehnsucht.

Liebe, ein kleines Wort, das für so Vieles und so Großes stehen kann. Da ist die Zuneigung, die viele von uns für Familienmitglieder und die besten Freunde empfinden. Dann gibt es die gesunde Form der Selbstliebe sowie die Nächstenliebe, die Liebe zu Tieren oder zur Natur oder zur Heimat, die Freiheitsliebe, die Liebe zu Gott und die universelle Liebe als Grundhaltung in einem wahrhaft spirituellen Sein. Und dann gibt es natürlich den Inbegriff von Liebe schlechthin, also die Form der Liebe, die wir empfinden, wenn wir verliebt sind und die in Liebesbeziehungen ihren Ausdruck findet. Die Liebe, die ganz eng mit unseren individuellen Wünschen und Vorstellungen von Romantik, Leidenschaft, Erotik, Partnerschaft und Geborgenheit verbunden ist. Es ist eben jene Form der Liebe, die nicht zuletzt auch durch Sehnsucht und Hoffnung genährt wird und der wir sogar in jedem virtuellen Netzwerk in unterschiedlichen Formen immer wieder begegnen werden. Und das ist dann eben auch eine Form der Liebe, der Liebe von heute.

*„Alles worauf Liebe wartet,*
*ist Gelegenheit. “*

Miguel de Cervantes

# X

# Die Zeit der klirrenden Kälte

132

# Der graue Robert

Wenn man jedem Menschen eine Farbe zuordnen würde, käme für Robert nur grau in Frage. Alles an ihm war grau. Schlicht und unauffällig wie sein Äußeres, war auch sein Charakter. Robert arbeitete irgendwo in einer unbedeutenden, kleinen Firma. Er lebte alleine und hatte keine näheren Verwandten. Aber – Robert hatte Freunde. Und seine Freunde waren rot, pink, blau, gelb und grün. Keiner von ihnen war unscheinbar. Sie schillerten geradezu in ihrer bunten Farbenpracht: Gilbert, der erfolgreiche Anwalt; Herbert, der brillante Schriftsteller; Thomas, der bekannte Lokalpolitiker. Und auch die Frauen: Liane, die berühmte Modedesignerin und Miriam, die hochbegabte Pianistin. Roberts Freunde waren aber nicht nur erfolgreich, sondern auch geistreich und attraktiv. Und – sie waren oft mit Robert zusammen. Denn neben seinem Grau schimmerten ihre lebhaften Farbtöne noch viel mehr. Und genau deswegen gehörte Robert zu ihrer exquisiten, kleinen Clique.

Robert liebte seine Freunde sehr. Er liebte es, ihren interessanten Erzählungen zuzuhören, er liebte ihre farbenfrohe Heiterkeit, er liebte ihre Partys, er liebte ihre Erfolge, er liebte eben einfach alles an ihnen. Kurz gesagt, er war ihr treuester und ergebenster Fan, denn er wusste ganz genau, dass sie die Farbtupfer in seinem grauen Alltag waren.

Robert hatte allerdings ein kleines Problem, er vertrug keinen Alkohol. Nach zwei Gläsern Wein oder Bier wurde sein Gesicht noch grauer, sein Magen geriet in Aufruhr, sein Kopf begann zu hämmern. Robert wurde übel, doch irgendwie dabei auch bunt. Anfangs zog die Clique Robert damit einfach nur auf. Sie fanden es lustig, ihn betrunken zu machen und zu sehen und zu hören, wie er dann große Pläne schmiedete. Dann dachte er laut darüber nach, an der Volkshochschule Malereikurse zu belegen, um so irgendwann doch noch seine bunte Seite zu entdecken und ausleben zu können. Plötzlich war da ein Robert, der sich selbst wichtig nahm. Das machte die Clique neugierig. Und so entwickelten sie eine Form von Systematik, deren einziger Zweck darin bestand, Robert immer öfter mit Alkohol vollzupumpen. Mit grauem Gesicht und hektischen roten Flecken, mit glasigen Augen und geöffnetem Mund torkelte der sonst so bescheidene, unauffällige Robert dann im Zimmer herum und schwang große Reden. Ein köstlicher Spaß!

Aber irgendwann fing die Clique an, die ganze Sache und vor allem Robert selbst nur noch sterbenslangweilig zu finden. Sein rundes Gesicht berührte sie unangenehm. Seine öden Bürogeschichten nervten. Und so beschlossen sie, den grauen Robert für sein Grausein zu bestrafen – aber nur ein bisschen.

Sie wussten, dass Robert nie alleine trank, es sei denn, er konnte nachts nicht schlafen. Und da die Clique aus prominenten Menschen bestand, die alle auf ihren Telefonen und Handys die Rufnummernanzeige unterdrückten, war der Plan leicht umzusetzen. Sie beschlossen, sich dabei abzuwechseln. War Liane nach einer Präsentation um drei Uhr morgens noch auf einer Fete, rief sie Robert an. Wenn er sich schlaftrunken meldete, legte sie auf. Schrieb Herbert spätnachts noch an seinem neuen Roman, ließ er das Telefon bei Robert klingeln, bis dieser abhob, nur um dann aufzulegen. Bei den anderen war es ähnlich. Wann immer einer von ihnen zu einer ungewöhnlichen Stunde nicht schlief, Robert wurde angerufen.

Selbstverständlich erzählte Robert seinen Freunden von den nächtlichen Ruhestörungen und auch, dass er danach nicht mehr einschlafen konnte. Immer öfter berichtete er ihnen von diesen Anrufen, schließlich fast täglich. Und er begann, nachts zu trinken, um überhaupt schlafen zu können. Tagsüber wirkte er nervös und übermüdet. Seine Freunde trösteten ihn nicht. Sie besprachen ernsthaft die Möglichkeiten mit ihm. Sie sagten, dass er Feinde haben müsse. Robert, der wusste, wie grau er war, konnte sich das zwar eigentlich gar nicht vorstellen, begann aber dennoch, ängstlich zu werden. Er zitterte jedes Mal, wenn das Telefon nachts zu klingeln begann, konnte sich aber nie entschließen, es einfach abzustellen. Schließlich könnte, so dachte er, ja auch ein wichtiger Anruf von einem seiner Freunde kommen. Und es war Robert immer schon ungemein wichtig, für seine schillernden Freunde jederzeit erreichbar zu sein.

Nach der Arbeit ging er nun häufig in Bars, um sich ein paar Drinks zu genehmigen. Er musste seine Nerven beruhigen, doch der Alkohol zeigte schon bald nicht mehr die gewünschte Wirkung. In manchen Nächten konnte er trotzdem überhaupt nicht schlafen. Graugesichtig, erschöpft und unkonzentriert schleppte er sich ins Büro und machte mehr und mehr Fehler bei seiner Arbeit. Schließlich verlor er seinen Job. Zutiefst bedrückt rief er alle seine Freunde an, um ihnen davon zu erzählen.

Kurz danach traf sich die Clique ohne Robert bei Miriam. Gilbert meinte, dass man ihn nun vielleicht in Ruhe lassen solle. Die anderen waren dagegen. Robert sei scheußlich, sagten sie. Er rieche nach Alkohol und Schweiß, er passe nicht mehr zu ihrer Clique, ja mehr noch, er habe noch nie zu ihnen gepasst. Sie sprachen nicht über die nächtlichen Anrufe, setzten sie aber unabhängig voneinander geradezu zwanghaft fort. Jeder von ihnen rief Robert immer wieder nachts an, nur um dann sofort aufzulegen.

Eines Abends dann, es war auf Herberts Geburtstagsparty, fing Robert wieder mal an, über die nächtlichen Anrufe zu sprechen. Die Clique wollte nichts davon hören, lachte ihn aus und warf ihm sogar vor, das Ganze nur zu erfinden, um sich wichtig zu machen. Und so betrank er sich auch dort. Für Robert endete der Abend mit einer Katstrophe. Sie schmissen ihn raus und riefen ihm hinterher, er solle sich nie wieder blicken lassen.

Ungefähr zwei Monate hörten sie dann nichts mehr von ihm. Nur Thomas erzählte, dass er ihn einige Male in der Stadt gesehen habe. Angesprochen habe er ihn nicht und Robert hätte ihn auch nicht bemerkt. Er sagte, dass Robert noch grauer geworden sei und sehr ungepflegt. Miriam wechselte schnell das Thema.

An einem Sonntagmorgen erhielt Herbert dann einen Anruf von Liane. Die hatte gerade von Roberts Vermieterin erfahren, dass Robert Samstagnacht betrunken aus einer Bar hinausgeworfen worden, in ein Auto gelaufen und noch bevor der Krankenwagen eintraf, auf der Straße gestorben war.

Jetzt findet gerade sein Begräbnis statt. Die Clique ist dort und auch Roberts Vermieterin. Liane blickt allerdings ständig auf ihre Armbanduhr. Schließlich sind sie alle zum Abendessen bei Susanne eingeladen, die sie vor zwei Tagen kennengelernt haben und die in irgendeinem Büro arbeitet. Und wie alle in der Clique freut sie sich auf dieses Dinner bei Susanne. Da werden sie endlich einmal wieder in ihrer ganzen Farbenpracht schillern können – denn Susanne selbst ist ja so grau.

„Die größte Krankheit der Seele – das ist die Kälte.“

George Benjamin Clémenceau

# XI

# Die Zeit des fallenden Schnees

# Der Fremde

Seit drei Tagen schneite es unaufhörlich in dem kleinen Ort. Die Kinder freuten sich sehr darüber. Ihr Lachen und Rufen war an jenem späten Sonntagnachmittag im Januar 1946 überdeutlich zu hören. Geradezu auffallend war es, denn ansonsten gab es noch immer nicht sehr viel zu lachen zu dieser Zeit in Deutschland. Auch von hier aus waren viele in den Krieg gezogen und nicht mehr zurückgekehrt.

Der Mann, der die verschneite Straße entlang ging, schien das Lachen nicht zu hören. Er hatte dunkles Haar mit vereinzelten grauen Strähnen darin. Das noch sehr junge Gesicht schien diese grauen Haare Lügen zu strafen. Seine hellen Augen wirkten erschreckend leer und sein Gang so müde wie der eines Greises. Hinter den Fenstern der Häuser, an denen der Mann vorbeiging, bewegten sich die Vorhänge. Neugierige Blicke folgten dem mit gesenktem Kopf Schreitenden, bis er schließlich vor dem Wirtshaus des kleinen Ortes stehenblieb. Lange stand er nur da und starrte die braune Holztüre an, bevor er sich schließlich entschloss, sie zu öffnen und das Gebäude zu betreten.

Die im Halbdunkel liegende Wirtsstube, nur durch einige wenige Kerzen spärlich beleuchtet, war fast leer. Außer dem Wirt befand sich nur noch eine weitere Person in dem mit dunklem Holz ausgestatteten Raum. Ein Mann, etwa Ende 30, der in einem Buch las und nicht aufblickte, als der Fremde zögernd auf den ältlichen Wirt zuging und ihn

ansprach: „Kann ich ein Zimmer bekommen?" Der Wirt
musterte die abgetragene Kleidung des Mannes abschät-
zend: „Wie wollen Sie denn bezahlen?" Der Fremde holte
einen US Dollar aus seinem dünnen, verschlissenen Mantel.
„Das reicht wohl für eine Nacht und einen Teller Suppe",
sagte er und legte den Dollar auf den Tresen. Gierig griff
der Wirt nach dem Schein und bedeutete dem Mann, ihm
zu folgen. Kaum hatten die beiden die Schankstube verlassen, blickte der einzige andere Gast von seinem Buch auf.
Er runzelte die Stirn – irgendwie kam ihm die Stimme des
Fremden bekannt vor. Er grübelte eine Weile und beschloss,
sich diesen Kerl genau anzusehen, falls er zum Essen in die
Wirtsstube kommen sollte.

Nach kurzer Zeit kehrte der Wirt alleine zurück und
stellte sich an den Tisch zu seinem lesenden Gast: „Son-
derbarer Kauz! Habe versucht herauszufinden, was der hier
will. Der sagt aber nichts. Wo der wohl Dollars herhat? Aussehen tut er ja, als ob ihm der Leibhaftige begegnet wäre.
Anton, was denkst du denn über den?"

Anton Müller zuckte nur mit den Schultern und antwortete nicht. Nach dem Zusammenbruch des Regimes
war er aus Berlin in seinen Heimatort zurückgekehrt und
nun sehr vorsichtig mit seinen Äußerungen. Zwar hatte
ihn bisher niemand bei den Alliierten gemeldet, doch
schließlich wussten die Leute im Dorf, dass er in der Partei
gewesen war und in Berlin irgendeine Position innegehabt
hatte. Nicht, dass diese Dörfler irgendetwas wirklich ver-
standen, dachte er verächtlich. Sie begriffen nur, dass der

Krieg verloren war und statt der Nazis jetzt die Ausländer in Deutschland an der Macht waren. Sie hatten vorher mitgespielt und würden nun als unbedeutende Statisten auch wieder mitspielen. Dass er, Anton Müller, in Berlin bei der Gestapo gewesen war, wusste hier keiner. Und in seinem Dorf würden die Alliierten ihn wohl kaum suchen. Die hatten mit Sicherheit Wichtigeres zu tun. Aber dieser Fremde – er kannte diese Stimme. Anton grübelte und grübelte.

Etwa eine halbe Stunde später betrat der Fremde wieder die Schankstube. Er setzte sich mit dem Rücken zu Anton an einen Tisch in einer Ecke. Kurz darauf stellte der Wirt ihm einen Teller Suppe hin. Schweigend begann der Fremde, sie zu löffeln. Unaufgefordert setzte sich der Wirt zu ihm. Erneut versuchte er, den Fremden auszufragen: „Wo kommen Sie eigentlich her? Und wo genau wollen Sie hin?" Der Fremde aß weiter und antwortete nicht. Der Wirt stand auf. Kopfschüttelnd und vor sich hin brummend zog er sich wieder hinter seine Theke zurück. Anton starrte auf den Rücken des Fremden. Er war sich sicher – er kannte diesen Mann. Doch woher nur? Mit einem unterdrückten Seufzer wandte er sich wieder seinem Buch zu. Unruhig blätterte er darin herum. Genau in diesem Moment drehte der Fremde sich zu Anton um und schaute ihn an. Anton lief es unter dem Blick dieses Mannes eiskalt über den Rücken. Schließlich drehte sich der Fremde wieder weg, stand auf und verließ grußlos die Wirtsstube. Und genau in diesem Moment wusste Anton, woher er den Mann kannte.

Berlin, Januar 1942: Zusammen mit anderen Männern der Gestapo war Anton mitten in der Nacht zum Haus eines Buchhändlers gegangen. Ein aufmerksamer Bürger hatte mitgeteilt, dass dort im Keller möglicherweise Juden versteckt würden. Während der Hausdurchsuchung, die ergebnislos verlief, wurde der Buchhändler zwecks genauerer „Befragung" verhaftet. Die Frau des Buchhändlers schluchzte verzweifelt, die 10-jährige Tochter klammerte sich stumm und mit vor Angst riesengroßen Augen an den Vater. Doch als ein Kollege von Anton das Kind grob von dem Vater wegriss, wandte der etwa 17-jährige Sohn sich protestierend an Anton. Natürlich hatte er da nicht lange überlegt, sondern zugeschlagen. Widerstand war verboten und Vorschrift war schließlich Vorschrift. Durch den Faustschlag war die Lippe des Jungen aufgeplatzt. Danach sprach er kein Wort mehr und hielt seinen Blick gesenkt. Nur einmal hob er seinen Kopf und schaute Anton an. Sein Blick war völlig leer. Und nun, fast auf den Tag genau vier Jahre später, hatte Anton diesen Blick wiedererkannt. Der Fremde war dieser Junge!

Panisch sprang Anton auf. Fluchtartig verließ er das Wirtshaus. Verblüfft blickte der Wirt ihm nach. Wie von Furien gehetzt, rannte und stolperte Anton durch den Schnee. Dabei schaute er dauernd voller Angst über seine Schulter. In seinem Haus angelangt, verriegelte er die Tür und setzte sich schweratmend auf einen Stuhl. Einer hatte ihn also gefunden.

Am nächsten Morgen hatte es endlich aufgehört zu schneien. Unter einem wolkenlos blauen Himmel lag der

Schnee funkelnd im hellen Sonnenschein. Vor dem Haus von Anton Müller hatte sich eine kleine Menschenmenge versammelt. Anscheinend war das ganze Dorf da. Der Fremde, der soeben das Gasthaus verlassen hatte, schritt mit seinem merkwürdig schleppenden Gang die Dorfstraße entlang. Als er an Antons Haus vorbeikam, sah er sich gezwungen stehenzubleiben, denn die vielen Menschen versperrten den Weg. In dieser Menschenmenge befand sich auch der Wirt. Als der den Fremden entdeckte, sprach er ihn an: „Gestern Abend war er noch in meinem Gasthaus. Erinnern Sie sich an ihn?" Zunächst schüttelte der Fremde den Kopf. „War da jemand?" Doch dann sagte er zu dem Wirt: „Ach ja, jetzt erinnere ich mich. Da war ein Mann mit einem Buch." Hastig sprach der Wirt weiter: „Genau. Und heute Morgen haben sie ihn hier draußen gefunden. Schauen Sie nur! Da hängt er."

Aufgeregt zeigte er auf eine große Eiche, die auf dem Grundstück des Hauses stand und deren kahle Äste ganz von in der Sonne glitzerndem Schnee bedeckt waren. Ein makabrer Anblick, denn der massige Körper des Erhängten erhob sich wie ein dunkler Fleck aus dem strahlend weißen Schnee.

„Und da, da an der Haustür hat er diesen Zettel mit einem Gedicht hin genagelt. Das ist seine Handschrift. Die kenne ich."

Der Wirt packte den Fremden aufgeregt am Arm und zerrte ihn durch die Menge vor die Türe. Still stand der Fremde da. Seine Augen überflogen die Zeilen:

„Über allen Gipfeln
Ist Ruh,
In allen Wipfeln
Spürest du
Kaum einen Hauch;
Die Vögelein schweigen im Walde.
Warte nur, balde
Ruhest du auch."

„Goethe!", sagte der Fremde leise. Der Wirt nickte: „Das passt. Denn er war ja wirklich gebildet, der Anton Müller. Hat immer viel gelesen. Und er war viele Jahre in Berlin."

„Gelesen habe ich auch immer gern", sagte der Fremde. „Mein Vater war Buchhändler." Er schwieg kurz und fügte dann hinzu: „Berlin! Da möchte ich auch gerne einmal hin. Ich war noch nie dort. Und jetzt ist wohl nicht mehr viel davon übrig."

Kurz schaute er den Wirt nochmals mit seinem leeren Blick an. Dann senkte er den Kopf und schritt – ohne sich zu verabschieden und ohne noch einmal zurückzuschauen – weiter die Straße entlang und aus dem Dorf hinaus.

*„Es gibt für den Menschen*
*nur ein wahres Unglück:*
*Sich etwas vorzuwerfen haben.“*

La Bruyere

# XII

# Die Zeit des brechenden Eises

# Die Traumfänger

Mit hoher Wahrscheinlichkeit habt ihr schon mal von einem Traumfänger gehört. Traumfänger sind Kultobjekte der Ureinwohner Nordamerikas, also der sogenannten Indianer. Sie bestehen aus einem runden Netz, das von einem Weidenreifen gehalten wird, und werden mit Federn sowie anderen persönlichen oder heiligen Gegenständen dekoriert. Ein über dem Bett aufgehängter Traumfänger soll den Schlaf verbessern, weil dem Glauben nach die guten Träume von den Federn an die Träumenden weitergeleitet werden, aber die Alpträume, Nachtmahre und alle anderen schlechten Träume im Netz hängenbleiben, wo sie später durch die Morgensonne aufgelöst werden.

Doch in dem, was ich euch hier schildern will, geht es nicht nur um diese guten Traumfänger. Vielmehr handelt diese Erzählung auch von Traumfängern, die von denen, die sie losschickten – auch wenn sie selbst das mit großer Vehemenz bestreiten würden – keineswegs mit guten Absichten auf die Welt losgelassen wurden. Und das kam so:

Es geschah in einer längst vergangenen Zeit und in einer längst vergessenen Welt. Da trafen sich die Herrscher der sieben mächtigen Reiche jedes Jahr mit großem Pomp und Aufwand, um die Geschicke nicht nur ihrer Reiche und Untertanen, sondern auch die aller anderen Länder sowie die der ganzen Menschheit zu bestimmen. Und in jenem Jahr, von dem diese Geschichte handelt, saßen die Sieben wieder einmal zusammen und beratschlagten, wie sie mit den Krisen und Problemen dieser Welt – von denen sie nicht gerade wenige selbst verursacht hatten – umgehen sollten. Hauptthema war jedoch – genau wie in jedem Jahr –, wie sie die Macht ihrer Reiche vergrößern könnten. Zufrieden stellten sie fest, dass viele Länder sich ihnen bereits unterworfen hatten und kaum mehr Schwierigkeiten bereiteten. Kurz beschäftigten sie sich mit den armen, kleinen Ländern, für die sie außer Worten – wie in jedem Jahr – jedoch auch diesmal wieder keine konkreten Aktionen planten. Etwas länger besprachen sie dann die aus ihrer Sicht bedrohliche Eigenmächtigkeit eines großen Reiches im Osten. Doch außer zur Abschreckung noch etwas lauter mit den Säbeln zu rasseln, fiel ihnen auch dazu nichts Neues ein. Und so kamen sie endlich zu dem Thema, das den Sieben ein stetiges Anliegen war, nämlich den Ertrag ihrer Schatzkammern zu verbessern und sich somit noch größere Stücke vom Weltkuchen zu sichern. Doch wie sollte man die schon jetzt häufig murrenden Untertanen dazu bringen, noch mehr zu arbeiten? Begehrten sie doch in letzter Zeit allzu oft auf. Und das, obwohl die Sieben weder Kosten noch Mühen gescheut hatten, um die Menschen in ihrem Sinne zu beeinflussen und ihr Denken in eine Art Wachschlaf zu versetzen. Dazu hatten sie großartige Spektakel inszeniert und die Sinne ihrer Untertanen immer wieder aufs Neue bis aufs Äußerste gereizt. Je lauter das Dröhnen des Feuerwerks, je bunter die Kostüme der Darsteller, je spannender die Wettkämpfe, je ausgefallener die Speisen, je intensiver die Duftbrunnen, desto weniger sahen, hörten, schmeckten, rochen oder fühlten die Untertanen irgendetwas anderes. Ihre zunehmende Abstumpfung war fraglos bereits ein großer Erfolg. Wären da nur nicht ihre Träume. Missmutig stellten die Regierenden fest, dass die Regierten, trotz aller Versuche, ihnen eine andere Betrachtungsweise nahezubringen, hartnäckig an ihren kindlichen Träumen von einer gerechten, schönen, freien Welt festhielten. „Das Übel ist, dass sie ihre Träume nicht loslassen wollen. Dadurch schöpfen sie immer wieder aufs Neue Hoffnung, anstatt die Welt so zu sehen wie sie ist und wie wir es wollen", stellte der Herrscher des Inselreichs mit besorgter Miene fest. „Und sie wollen einfach nicht einsehen, dass wir es sind, die wissen, was möglich ist und was nicht", tat mit besserwisserischer Miene die Herrscherin des Mittellandes kund. „Jawohl, wir geben schließlich immer unser Bestes für diese Undankbaren", stimmte der energische Herrscher des Zweimeerlandes zu. Und so lamentierten sie noch eine ganze Weile weiter. Schließlich fragte die elegante Herrscherin des Sonnenreichs: „Was also sollen wir tun?" Ratlos sahen die Sieben sich an.

Da meldete sich aus den Reihen der sie begleitenden Trosse ein Mann zu Wort: „Nehmt ihnen ihre Träume! Wenn sie keine Träume mehr haben, werden alle Probleme, die ihr mit ihnen habt, verschwinden." Zunächst sagte keiner der Sieben ein Wort, doch dann seufzte der Älteste, der Herrscher des Westreichs, sehnsüchtig: „Ach, wenn's nur möglich wär." Doch der Herrscher des Nordreichs meinte: „Völker brauchen mehr als Nahrung, Abwechslung und

Arbeit. Die Menschen brauchen etwas, an das sie glauben können. Und die Wahrheit ist, wir sind das leider nicht. Von Monat zu Monat werden sie aufsässiger. Das kann zu Aufständen und zu Umstürzen führen." Die anderen gaben ihm, wenn auch zum Teil widerstrebend, recht. Doch wieder meldete sich die Stimme aus dem Hintergrund zu Wort: „Genau das ist ja das Problem mit den Träumen. Nur weil sie Träume haben, wollen sie unbedingt an etwas glauben. Hört mir zu, ich habe einen Plan!"

Der Sprecher trat nach vorne. Ein gutaussehender Mann in mittleren Jahren, edel gekleidet. Das einzig Auffallende an ihm waren seine pechschwarzen Augen. Die Sieben hörten ihm aufmerksam und zunehmend fasziniert zu. Mit seiner hypnotischen Stimme zog er sie mehr und mehr in seinen Bann. Außerdem hatte er auf jede ihrer Fragen und Einwände eine Antwort. Und weil sie seinen Plan letztlich so gut fanden, vergaßen sie komplett zu fragen, wer er denn eigentlich sei. Jeder der Sieben nahm an, dass er zum Hofstaat der anderen gehöre. Und am Ende waren sie sich alle einig und fest entschlossen, diesen ungeheuerlichen Plan in die Tat umzusetzen und diesbezüglich ein geheimes Dokument aufzusetzen. Der tüchtige Mann war anscheinend auch darauf vorbereitet, denn in kürzester Zeit lag der Vertrag in siebenfacher Ausfertigung auf dem Tisch. Und in einer geradezu rauschhaften Begeisterung, getrieben von ihrer Macht- und Goldgier, unterschrieben die Sieben. Höchst zufrieden beendeten sie danach ihr Treffen. Der Herrscher des Südreichs sagte: „Da sieht man mal wieder, wie ungerecht die Vorwürfe sind, dass wir bei unseren Treffen nie etwas wirklich Konkretes erreichen. Wenn das nicht konkret ist, was dann?" Lachend und mit sich selbst höchst zufrieden trennten die Sieben sich im besten Einvernehmen.

Nun fragt ihr bestimmt: Wer ist dieser Mann mit den pechschwarzen Augen? Ach, wärt ihr doch nur bei diesem Treffen anwesend gewesen. Euch wäre sicher nicht entgangen, dass er so ungreifbar war wie ein nächtlicher Schatten. Denn als Herr der bösen Träume war er schließlich genau das, ein nächtlicher Schatten, dessen Macht stets endet, wo das Licht beginnt. Doch das Licht in den Sieben war schon viel zu schwach, um den Schatten auch nur zu sehen, geschweige denn, ihn zu vertreiben. Und so nahm das Unheil seinen Lauf.

In allen Ländern, in denen die Sieben Einfluss nehmen konnten – und das waren sehr, sehr viele – wurde nach Menschen mit besonderen Gaben gesucht. Die Magier, Feen und Zauberinnen, die Hellsichtigen und die Künstler wurden mit Hilfe aller zur Verfügung stehenden Mittel aufgespürt. Es war die große Stunde der geheimen Wächter und der Flüsterer. Endlich lohnte sich das über Jahre so aufwendige und teure Bespitzeln und Überwachen. Und dann zeigten die Herrschenden der sieben Reiche ihre ganze Macht. Sie schmeichelten, lockten, drohten, logen, betrogen und bestachen, jedes Mittel war ihnen recht und letztlich konnten sie dadurch eine beachtliche Truppe zusammenstellen. Und – wahrscheinlich habt ihr es schon erraten – da waren sie – die bösen Traumfänger.

Tag und Nacht schlichen diese Traumfänger sich nun in die Gedanken der Menschen ein. Dank der Unterweisung des Herrn der dunklen Träume, beherrschten sie nämlich nun die Kunst, die Träume der Menschen zu manipulieren. Sie verwandelten die schönen, nächtlichen Träume der Schlafenden in hässliche und erschreckende Alpträume. Und all die guten Tagträume der Menschen wurden von ihnen ebenfalls abgefangen und in negative Gedanken und deprimierende Bilder verwandelt. Und so herrschten schon bald auf der ganzen Erde fast nur noch Trübsinn, Traurigkeit und Hoffnungslosigkeit.

Zunächst freuten sich die Herrscher der mächtigen Sieben über ihren Erfolg. Ihre Schatzkammern schwollen an, denn die Menschen hörten auf, sich zu beschweren und arbeiteten still vor sich hin, dankbar, überhaupt eine Arbeit zu haben. Doch mit der Zeit ließ ihre Produktivität immer stärker nach. Und auch die Qualität der Waren ließ sehr zu wünschen übrig. Die Milch wurde sauer, das Brot war verbrannt und statt schöner und schimmernder Stoffe in leuchtenden, bunten Farben gab es nur noch tristes Grau. Denn ohne gute Träume und Hoffnungen konnten die Menschen nichts Schönes, Gesundes und Gutes erdenken, erschaffen und herstellen.

Erst da bemerkten die Herrscher der mächtigen Sieben, dass ihr Gold wertlos wurde, denn sie konnten nichts Rechtes damit kaufen. Das gefiel ihnen nun gar nicht und so beriefen sie ein geheimes Treffen ein, um den dunklen Schattenherrscher der Träume zur Rede zu stellen. Doch der erschien einfach nicht und so kehrten die vermeintlich so mächtigen Sieben ohnmächtig und ratlos in ihre freudlosen Reiche zurück. In dem Herrn der bösen Träume hatten sie ihren Meister gefunden. Sein Machthunger war noch viel stärker als der ihre. Und da der Wunsch nach absoluter Macht keine Freunde kennt, wurden auch die Herrschenden in den sieben Reichen nun nicht mehr von bösen Träumen verschont. Genau wie ihren Untertanen raubte der Herrscher der dunklen Träume mit der von ihnen selbst geschaffenen Traumfänger-Truppe durch die Vernichtung der guten Träume nun auch ihnen jede Freude und jede Hoffnung. Und so vergaßen sie auch, dass es noch immer gute Zauberer und Zauberinnen gab, freundliche Feen, Maler und Malerinnen des Lichts, aufrechte Baumeister und Bildhauer, edle Dichter und noble Schreibende, liebenswerte Musikanten und Sängerinnen sowie die weisen Sternendeuterinnen und Hellseher. Das waren nämlich diejenigen, die sich strikt geweigert hatten, sich in den Dienst der Sieben oder gar in den des Herrschers der dunklen Träume zu begeben. Doch sie alle waren von den aus dem Morgenreich stammenden Dienern der mächtigen Sieben in dunkle, unterirdische Verließe gesperrt worden. Und schon bald erinnerte sich kaum noch jemand daran, dass es sie überhaupt gegeben hatte.

Nur die Kinder eines kleinen Indianerstammes wussten noch von ihnen. Als die dunkle Zeit der bösen Traumfänger begann, hatten nämlich die weisen Ältesten ihres Stammes zusammen mit dem Medizinmann die guten Traumfänger mit einem Verhüllungszauber getarnt und über den Schlafstätten aller Kinder des Stammes angebracht, sodass diese Kinder die einzigen Menschen waren, die immer noch gute Träume hatten und von den schlechten weitgehendst verschont blieben.

Als die Welt dann zunehmend in Chaos und Dunkelheit fiel und alsbald jede Ordnung zusammenbrach, da schlichen die wissenden Stammeskinder sich eines Nachts davon, um nach jenen guten Magiern, Feen, Weisen und Künstlern zu suchen. Jedes von ihnen hielt – geschaffen aus ihren besten und hoffnungsvollsten Träumen – eine magische Fackel in den Händen, deren Licht niemals verlosch. Sie trugen außerdem einen traditionellen Kopfschmuck, an dem sie ihre guten Traumfänger befestigt hatten. So sah der dunkle Herrscher der Träume sie zwar, doch weder er, noch seine bösen Traumfänger konnten nahe genug an sie heran, um ihre märchenhaft schönen, hellen Träume von einer wundervollen Welt zu zerstören. Und während die Kinder, geführt vom ewigen Licht der Sterne, ihren inneren Stimmen, ihren liebevollen Herzen und ihren guten Träumen, sich auf die gefahrvolle Reise zu den unterirdischen Verließen begaben, raste der dunkle Schattenherrscher vor Wut. Genährt durch all die Alpträume der Menschen und ungehindert durch die Plan- und Mutlosigkeit der Herrscher der sieben Reiche, wurden die dunkelsten Nachtmahre zur grausamen Realität. Das Meer trat über die Ufer, ruhige Flüsse verwandelten sich in reißende Ströme, beschauliche Seen in bedrohliche Sümpfe. Feuer fiel vom Himmel herab, Regen verwandelte sich in Blut und die Hütten und Häuser der Menschen, die

Burgen der Mächtigen und sogar die Berge stürzten ein. Die Herrschenden und die Beherrschten starben gleichermaßen und die wenigen Überlebenden kämpften gegeneinander. Innerhalb kürzester Zeit war auf der Oberfläche der Erde außer den Kindern des Indianerstammes niemand mehr übrig. Und so konnten diese – im Schutz der magischen Fackeln – die unterirdischen Verließe, in denen die Eingesperrten darbten, öffnen. Kraftlos und erschöpft taumelten die guten Kräfte aus ihren Kerkern, doch der Sternenglanz in den Augen der Kinder belebte sie im Nu. Gemeinsam mit ihnen bildeten sie einen magischen Kreis aus Liebe, Zauber, Kunst, Hoffnung, hellen Träumen und strahlendem Licht. Heulend und kreischend griffen die bösen Traumfänger auf Befehl des Schattenherrschers an, doch an dem schützenden Kreis prallten sie wieder und wieder ab, bis sie schließlich nur noch aus dunklem Rauch bestanden, der von den Stürmen weggeblasen wurde. Und als die lange Nacht zu Ende war und sich der erste zaghafte Sonnenstrahl zeigte, brach auch die Macht des Herrschers der dunklen Träume im Netz der guten Traumfänger zusammen. Mit letzter Kraft schleppte er sich in die nun leeren unterirdischen Verließe, in denen er seit jenen fernen, vergangenen Tagen immer noch als grausiger Schatten haust.

Die Kinder und die Magier und Zauberinnen, die Musiker und Sängerinnen, die Malerinnen, die Bildhauer und Baumeister sowie die Feen, Sterndeuterinnen und die Hellseher, die Dichter und Schriftstellerinnen aber blieben ganz allein auf der verwüsteten Erde zurück. Doch nie gaben sie die Hoffnung und ihre Träume von einer schönen, neuen Welt auf und irgendwann und irgendwie gelang es ihnen dann endlich, sich mit der göttlichen Quelle des Universums zu verbinden. Und aus diesem Geist belebte der wüste und öde Planet sich von Neuem. Lange dauerte es, bis sich aus Wasser, Feuer und Gestein wieder Leben regte. Zuerst kamen die Pflanzen, dann die Tiere und nach vielen, vielen, vielen Zeitaltern gab diese wiederauferstandene Erde dann auch der menschlichen Spezies nochmals ein Zuhause und eine zweite Chance.

Nutzen wir sie diesmal!

*„Wem genug zu wenig ist,*
*dem ist nichts genug.“*

Epikur

# An meine Leserinnen und Leser!

Es hat mir Freude gemacht, euch diese Geschichten zu erzählen. Und ich hoffe, dass auch ihr beim Lesen daran Freude hattet. Bis zum Wiedersehen in der Form eines neuen Buches möchte ich euch als für mich passenden Abschluss zu diesen Erzählungen die Worte eines großen Schriftstellers und Philosophen ans Herz legen:

*„Wenn nicht mehr Zahlen und Figuren*
*Sind Schlüssel aller Kreaturen,*
*Wenn die, so singen oder küssen,*
*Mehr als die Tiefgelehrten wissen,*
*Wenn sich die Welt ins freie Leben*
*Und in die Welt wird zurück begeben,*
*Wenn dann sich wieder Licht und Schatten*
*Zu echter Klarheit werden gatten,*
*Und man in Märchen und Gedichten*
*Erkennt die wahren Weltgeschichten,*
*Dann fliegt vor Einem geheimen Wort*
*Das ganze verkehrte Wesen fort.“*

*Novalis*

# Dankeschön

Zum einen geht ein großes Danke an meinen Mann Allan, der mir die Idee für die sechste Geschichte gegeben hat und darüber hinaus zahlreiche Inspirationen lieferte, besonders auch für die zwölfte Erzählung.

Dann gilt mein ganz besonderer Dank meinem Alexander-Papa, der sich stets um mein leibliches und seelisches Wohl kümmert.

Ein herzliches Dankeschön geht auch an Ingo Litschka, der nicht nur die fabelhaften Illustrationen für dieses Buch gemacht hat, sondern mich auch oft motiviert hat.

Und schließlich möchte ich auch meinem Anwalt und geschätzten Freund Dr. Frank Hahn meinen Dank aussprechen. Er steht mir immer mit Rat und Tat zur Seite.

# Die Autorin

Caroline DeClair wurde in Graz in Österreich geboren, wuchs in verschiedenen Ländern Europas auf und zog als Teenager in die USA, wo sie Psychologie und Kommunikationswissenschaften studierte. Danach arbeitete sie in Washington D.C. für Time Life Inc. und später in Deutschland für verschiedene PR- und Werbeagenturen.

Sie lebt mit ihrem Mann in Stuttgart und ist seit 2001 als freie Autorin tätig. Durch ihre zahlreichen Artikel und Kolumnen in vielen verschiedenen Frauen- und Mädchenzeitschriften wurde sie einem Millionenpublikum bekannt. Ihr 2012 veröffentlichter Ratgeber „Wer bin ich" wurde im gesamten deutschsprachigen Raum ein Bestseller. Caroline DeClair schreibt ihre Ratgeber, Kurzgeschichten und Romane in Deutsch und in Englisch.